なだいなだ

最後のメッセージ

常識哲学

筑摩書房

常識哲学　目次

臨床医の哲学

常識哲学

常識で考えよう

編集にあたって

なだいなださんから、ずっと気になっているテーマをまとめたい、とご相談を受けたのは数年前だったと思います。アルコール依存者の治療過程でたどり着いた哲学が、日常の思考判断の基準にも応用できるのではないかというものでした。その後、ご執筆を進めてくださったのですが、病のため仕上げることはかないませんでした。

本書には、原稿を補完する意味で、ラマル会での講演草稿、ご自身のインターネットのホームページ「なだいなだのサロン」に書かれた文章、日仏医学会での最後の講演草稿を収めました。重複箇所が散見しますが、「大事なことは何度でもいいいます」となださんはおっしゃっていましたので敢えて整理はしませんでした。なださんが最後まで「伝えたい」と願っていたことを読み取っていただければ幸いです。

（筑摩書房編集部）

常識哲学——最後のメッセージ

臨床医の哲学

「八三歳まで生きてきた人間の持つに至った哲学を、声を想像しながら読んで欲しい」。精神科医の集まりで語ったものです。

まえがき

ぼくは現在八三歳である。

一年前には前立腺の癌が発見され、治療を受けるようになった。

その時、これが終わりの始まりであると意識した。

意識すると、何をするにも、これが最後の機会になるかもしれないと考えるようになる。

その時、「ラマル会」での講演を頼まれた。

「ラマル会」は母校の精神科医の勉強会である。といってもいわゆる専門知識を交換し合う学会とは違って、専門以外の講師を呼んで、一般教養を深め、専門馬鹿にならないように勉強する会である。

ぼくは物書きでもあるが、同時に立派な精神科医でもある、と自分では思ってきた。

だが、ぼくはこの会には物書きとして招かれたようだった。

けれど、自分の好きなテーマで、好きなように話していいということだったので、ぼくは、自分のこれまでの臨床医の生活で得た哲学について語る、いい機会だと思って引き受けた。

演題はと聞かれて、迷わず「臨床医の哲学」と答えた。

ぼくは、普段、講演を頼まれても、草稿を準備することはない。話したいことをいくつかメモして持っていく。だが、そのメモさえ見ないことが多い。その場の雰囲気を感じながら、即興で話をする。講演というより、自分自身を材料にした漫談に近い。

しかし、今回はちょっと違って、草稿なるものを準備した。一生に一度くらい、きちんと形の整った講演をしてみようと思ったからだ。世の中でいう有終の美を意識したのかもしれない。

準備の時間は十分にあった。だが、十分にありすぎた。あれも話しておきたい、これにも触れたいと考えるうちに、草稿はぼくとしては、完璧に近いくらいにまとまったものになったが、実際の講演時間をはるかに超えるものになってしまった。

そのため、実際の講演では、せっかく持参した草稿に目を落とすこともなく、前後を省き、左右を削り、真ん中を飛ばし、それでも収まらず、時間切れになった。

普段はこういう場合、広沢虎造を真似て、「ちょうど時間となりました」、続きは別の機会にと締めくくる。年をとって、まとめることが苦手になってからの、ぼくの講演の終わりのスタイルである。

だが、これが最後の機会と思ってきた今回の講演は、そういうわけにはいかない。ぼくと聴衆には次の機会がないのだ。

講演は、自分でいうのも変だが、上出来であった。話の途中、私語は一切なくなり、時々笑いも途切れる静寂の中を、ぼくの声だけが聞こえる。いい手応えだった。終わってすぐ、何人かの後輩が寄ってきて、「面白かった、もっと聞きたかった。時間が足りない」と興奮気味にいってくれた。

そこで、幻の講演の草稿について話をすると、それを是非、読ませて欲しいと、頼まれた。

家に戻り、その草稿をメールで送ると、この会に出席できず、聞けなかった友人たちにも是非読ませたいということであった。

そこで、ぼくは、その草稿を、本にすることを考えるようになった。

もともと、ぼくは、物書きになった時から、「話すように書く」ことを意識して実行してきた。そのことを考えると、ぼくの本は、すべてが幻の講演のようなものだ。

しかし今回の本は、その中でも、ぼくの肉声が一番聞こえてくるものではないかと思う。

八三歳まで生きてきた人間の持つに至った哲学を、声を想像しながら読んで欲しい。

最近、世の中のどこを見ても、哲学を持った人が少なくなった。

考えながら人生を生きれば、しぜんと哲学を持つようになる。考えて臨床をしていれば、臨床医は医者の哲学を持つ。考えて政治をするものは政治家の哲学を持つ。哲学を持った人間が見当たらなくなったということは、習慣で生き、ただ決まりに従って生きる人間ばかりになったということであろうか。

ここで、ぼくは自分の哲学は生きた哲学であると、大風呂敷を広げた。

デカルトやカントだけが哲学ではない。かれらがいかに偉大だったとしても、その哲学をテキストとして学んでいる限りは、死者の解剖をしているようなもの。ぼくたちの持つ哲学の中に、生きた哲学として蘇らせなければ、有用にはならない。

今を生きるものが持つに至る哲学の中に生きてこそ、古典の哲学も生きるというものだ。

＊　イントロ

ラマル会の名前の由来について、話すことになるまで知りませんでした。なんか、分かったようで分からないことばだなあ、と思っていました。

ぼくはすでに、この会で話をしたことがあるようです。記録をもらったら、そう書かれていました。本人は忘れていた。記録の大切さが分かりました。一九七九年のことらしく、題も「このごろ考えること」という曖昧なものでしたから、どんなことを話したか、まったく思い出せません。

まだ、この会に、ラマル会という名前のつく前のことらしい。名前が変わったことは知っていました。しかし、なんで「ラマル会」なのか、変な名前が付いたな、くらいの反応しかありませんでした。それで、ぼくより記憶力のしっかりしておられて、日頃から、何かと頼みとする武正先生に質問しましたところ「なにか落語家か、講談師かの名前からとったようですよ」、という答をもらいました。ぼくが知ろうと思うときは、この程度の答えでは満足できません。性質なんです。そこで、今回、サポーターの薬屋さんに調べてもらったところ「紅羅坊奈丸《べにらぼうなまる》」が元。「ナマル」が「ラマル」に訛った、という複雑怪奇な情報を得て、ようやく納得がいきました。江戸落語の「天災」の中で、長屋の八五郎が、カウンセリングを受けに行く心学の先生の名前が「奈丸」だということがわかりました。志ん生の得意とする落語で聞いて笑い転げたことがあります。でも、まさか、そこが元だったとは！

そのナマルを、だれかわれわれの先輩が、ラマルとなまって伝え聞いて、命名したのが始まりなんですね。説明を聞かなければわかりません。聞いてもまだ、十分には命名の意図がどこにあるのかわかりません。誤りがわかった時点で直せばよかったと思いますが、間違いでも世間的に知れ渡り、習慣化すると直せないものです。今や、えらい先生たちの名を連ねる集まりなのに、誤りが訂正されることなく、延々と続くのでしょう。

というところが恐ろしい。今や、ラマル会は、正しい名称ナマル会に戻そうとしても、修正することは難しいでしょう。「この会はラマル会である」が、常識となっています。みなさんはすでにご存知でも、ぼくは知らなかった。ぼくの常識はこうして今回更新されました。これは前置きのように見えて、今日の話の伏線でもあります。

ともかく、ぼくの解釈したところでは、学問を落語や漫談のように、通俗的に面白く話すことが、この会の最初の趣旨であることが分かりましたので、今日は安心して話せます。今日は、一老先輩の、精神科漫談として聞いてください。

断っておきますが、老人は独りよがりになりがちです。ぼくもその例に漏れません。一人で面白がっているだけ、ほかの人には退屈、といわれかねない。落語「天災」の八五郎の早とちりのトンチンカンに似たものが、ぼくの哲学の話の中にあるかもしれない。

ただ、ぼくの考えは、少なくとも、日々の臨床から長い間かけて作り上げたものです。臨床は、自分自身にとって、すこぶる有用であったものです。その点、いささかの自信があります。それで、みなさんにも参考になるかもしれないと考えて、披露するつもりで、今日のテーマとして選んだのです。

また、高橋龍太郎先生からは、日本に元気を出させるような話を、という注文がありました。この注文を受けて、あえて気宇壮大に、大風呂敷を広げさせてもらう気持ちになり、このテーマを選んだという面もあります。日本の大風呂敷というイメージは、ぼくの大好きなものです。しかし今では、パリのポンヌフという橋をでっかい風呂敷のようなもので包装して有名になった前衛芸術家にお株を取られてしまった。残念なことは、これを広げる人が本家の日本で少なくなってきたことです。日本に、ぼくのほかに十人ほど、大風呂敷を広げる人が出てきたら、日本に元気が出てくること請け合いです。

じゃ、今日の、本題に入ります。

＊　学ぶ哲学と持つ哲学

哲学には、学ぶ哲学と持つ哲学があります。大学で勉強する哲学が学ぶ哲学で、人生を送りながら、ついに持つに至る哲学が、持つ哲学です。人生をある程度生きると、自然に身についてくるのが持つ哲学で、大学に行って勉強し、過去のえらい哲学の先生のあれこれを調べ尽くし、オタクのようなものになるのが、学ぶ哲学です。

哲学を学び、哲学者の誰々の専門家になった人はたくさんいますが、その人たちの中に、自分の哲学を持つに至った人は意外と少なく、大学は哲学を持つためには、どうもまわり道のようです。しかし、哲学を学べば、それなりに得する面もあるでしょう。

しかし、持つ哲学は、持っても一文の得にもなりません。こちらは、あの人には哲学がある、とか、あの政治家は哲学を持っているとか、の用例に見られますが、行動や言動の一貫性やブレのなさから、他人に哲学を感じさせる、信頼感を与える。本人にはどういうこともない。だから、持とうとする人は、世知辛い世ではいなくなるのです。全くの自己満足と見られますから。

しかし、世の中全体としては、哲学を持った人が多い方がいいか、少なくても構わないか、おそらく多い方がいいでしょう。

ぼくは、人生の途中で職業的難問にぶつかり、その結果、哲学を持つに至りました。その難問とは何か。当時、治らないと教授までもが太鼓判を押す病気であった、アルコール依存を専門にしたことです。その結果、得た哲学とは何か。ぼくはこれに常識哲学と名づけます。しかしこの名前は過去にありますから、それとの違いを強調して、新または新新常識哲学と呼んでおきましょう。

世の中には意外な盲点があるものです。ここに優秀な精神科医が揃っておられますが、これまで「常識とは何か」を考えたことのある方は、意外と少ないのではないでしょうか。

おられたら手を挙げてください。これがぼく一流の嫌味でして、手を挙げるものはほとんどいないだろうと見越して、いっているのです。

大部分の人が手を挙げたら、今日の話はここで終わりです。やる必要はない。

今の日本で、常識がないといわれると、たいていの人は怒ります。でも、では、その常識とは何ですか、と質問されると、答えられる人は意外と少ない。ぼくも、考えるまでは考えなかった。バカみたいですが、生まれる前は生きていなかったというようなものです。ま、論理の遊びです。

常識も意外とどのようにして作られているか、質問されると答えられないものです。人類が空気を吸わずには生きて来られなかったのに、空気の組成を長い間知らなかったのと同じです。知ったのは意外と新しい。常識も同じこと。

たとえば、日本語に常識という言葉が昔からあったのか。なかったとしたら、いつからあるようになったのか。調べてみると意外と新しい。

そこでまた嫌味な質問です。常識哲学という名の哲学について、ご存知の方は、どれだけおられるでしょう。手を挙げてもらえますか。

常識哲学だって？　そんなものあるのか？　デカルトもカントも名前は知っているけど、常識哲学なんて知らんぞ、という方が多いでしょう。それでいいのか、それでいいのだ、です。知らない方が普通です。でも常識哲学という主張はあったのです。

広辞苑にも言葉は載っています。残念ながら、説明はほとんどありません。

常識哲学派は、別名スコットランド啓蒙学派とも呼ばれることもありますが、常識という言葉を世の中に流行させて、すぐにこの世を去って行ってしまった学派であり、哲学の歴史では、既に過去の存在です。しかし、去ったあとに「常識」という言葉と「アメリカの独立」という事実と「人権」という考えを残しました。

消え去った人の名前をあげてもあまり意味がありませんが、トーマス・リードという人が旗振りで、そこに属する有名人の中に、経済学の祖といわれるアダム・スミスが入ります。それとトーマス・ペインです。

トーマス・ペインはイングランドに生まれました。ベンジャミン・フランクリンの知遇を得てアメリカに渡り、そこで『コモン・センス』というパンフレットを書きますが、それが大当たり、大ベストセラーになります。この本に元気をもらったアメリカ人は、独立宣言を発表します。フランス大革命が起きると、かれは、今度はパリに飛び、『人間の権利』（人権は常識だという本）を書きます。これも大ベストセラーになります。しかし、世界は大きく変化し、アメリカで一人寂しく世を去りました。

おそらくそうした流れの中で、明治の初期、日本にもコモン・センスという言葉が入ってきたのでしょう。それが常識と訳され、瞬く間に日本中に広まったのです。

話は飛びます。

＊　哲学との出会い

ぼくが常識の哲学をもつに至ったのは、それからおよそ二世紀後です。アルコール依存との出会いがきっかけです。

当時、アルコール依存は治らないと思われていました。ぼくに久里浜病院のアルコール専門病院行きを命じた三浦教授までが、

「堀内君、アルコール中毒？　あれは治らん病気だよ、君」

といっておられました。その病気を、教授の命令で専門にすることになったのです。その日から、ぼくは考え始めました。根本的なことを考えるのが哲学というものならば、ぼくは哲学し始めたのです。

治らない病気を前にして、考えざるをえません。

何をなすべきか（Was soll ich tun?）。何を望むことができるか（Was darf ich hoffen?）。わたしは何を知ることができるか（Was kann ich wissen?）。人間とはつ

まるところ何か（Was ist der Mensch?）。

これらがカントの命題だったのですが、それが全部目の前にあったのです。ぼくが哲学しなかったら、かえって不思議でしょう。では、この問題を前に、ぼくしか哲学した人がいなかったか。いないはずがありません。

同じようにアルコール依存を専門に選んで、哲学した先輩が、ちゃんといました。アルコール依存の分野に、いい先輩がいたのです。中央ヨーロッパ系アメリカ移民の子供で、ニューヨーク生まれ、E・M・ジェリネック（一八九〇—一九六三）です。かれはアメリカ人ですが、ドイツのベルリン大学、ライプチッヒ大学、グルノーブル大学で学び、研究を続けます。そしてアメリカに戻り、最後に『アルコーリズムの疾病概念』という本を書きます。この本が、哲学っぽい本なのです。

驚いたのは、この本の序文です。かれはなんと、自分の本の表題に文句をつけていました。

『アルコーリズムの疾病概念』（The Disease Concept of Alcoholism）は、日本にも翻訳（邦題『アルコホリズム——アルコール中毒の疾病概念』）があります。かれは言葉にこだわる人で、自分の本の題は「concept」ではなく「conception」とすべきだった、だが、アメリカでは間違った言い方があまりにも流行ってしまったので、正しい言葉がかえって不適切とされる、とこぼしています。出版社がコンセプトだといい、研究資金のスポンサーもそれに同調したので、仕方なく譲ったということです。しかし、かれは、自分は間違いであることを知っている、と一言書いておきたかった。

それだけではありません。かれはまた、別のところで、定義の仕方が間違っていないかぎり、その定義が正しいか正しくないかを、問題にしても始まらない。ただ、それが有用であるかどうかだけを問題にすればよい、といっています。そこでぼくは、定義は偉い人の独占ではないことを知りました。何をなすべきかのヒントをもらいました。

「有用性だけで判断せよ」。ああ、なんというプラグマティズム。ぼくはかれのこの言葉に、以後、非常に強く影響されます。

それまで、偉い先生の定義に従って、患者を診断して、臨床の仕事をしてきたのですが、それ以後は、いかに偉い先生の定義であっても、有用か否かで判断することにしました。すると、クルト・シュナイダー大先生が、全然怖くなくなりました。そして、かれの定義を放り出しました。かれの定義は治療には全くの役立たずだったからです。そればかりか、かれの定義は、病人たちを社会的差別する手助けをしていました。アルコール依存の患者に「意志薄弱」のレッテルを貼るようなことをしたのです。意志薄弱で酒がやめられないダメな奴、普通の人間でない精神病質者（プシコパット）というレッテルです。患者たちに、そういうレッテルを貼った人がかれです。それでいて、この先生を信奉する人たちは、自分たちがアルコール依存といったん診断した人間が、五年もぴたりと酒をやめているのを見ると、とたんに意志の強いえらいやつと褒めるのです。意志の弱かった人間を意志薄弱人間と断定しておきながら、いつから突然、意志が強くなったというのでしょう。ある日突然に意志が強くなったりするものでしょうか。この定義が、矛盾に満ちていることがわかります。断酒が持続しないのは、意志とは関係ないのです。

おや、少し脱線しかかりました。ジェリネックこそが、ぼくを哲学に導いたという話の途中でした。

＊　アルコール依存は病気？

さて、診療を始めるにあたって、ぼくは診断基準について悩みました。アルコール依存とはいかなるものか。かれに対して何をなすべきか。

何しろ、素人同然のぼくが、にわかにアルコール依存の専門医の顔をしなければならなくなったのです。先人の役立ちそうな診断基準を探しましたが、有用な定義は見つかりませんでした。

酒が切れてきて離脱症状の振戦譫妄《しんせんせんもう》が出てくれれば、これはもう間違いありません。患者たちも認めます。しかし、この定義では、患者を手遅れにしてしまいます。しかも、当時、慢性アルコール中毒と診断されている人のなかで、振戦譫妄の出る割合は、一割くらいでした。そこまでいかぬうちに、アルコール依存と診断を下し、治療を開始した方がいい、身体的なダメージは少ないと考えられていました。では、どこからがアルコール依存で、どこまでは普通の酒飲みの範囲か。なかなか線引きが難しい。

当時は、朝酒を飲むようになったら、もういけないというところに、線が引かれていました。ぼくもそれに従っていました。専門医になるその前にフランスに来て、田舎のカフェで寝泊りしたのですが、朝起きるとバーには朝から、仕事前に一杯ひっかけていく労働者がいっぱいでした。朝酒即依存は日本でだけ通用する基準でした。フランスで適用したら、フランス人の半分がアルコール依存ということになってしまいます。

アルコール依存の専門医になって、自分は診断する必要がないことがわかりました。

普通の場合は、専門医は最終診断を下す権威です。まわりはかれに何病ではないですか、とお伺いを立てる。そして、専門医のかれが、そうだと断定する。これがふつうのパターンです。一年に数例出会うかどうかの病気を専門にする専門家は権威です。

しかし一〇〇万人を超すという患者のいるアルコール依存を専門にすることは、それとは違うのです。権威である必要はない。ほとんどの患者が、診断されて送られてくるのです。あっちの病院こっちの病院、福祉事務所、保健所、さらに素人の家族。いろいろなところから「アルコール依存を一人」入院させてくださいと、送ってくるのです。こっちがたまに「間違いありませんか」と念を押そうものなら大変です。「間違いありません」とたちどころに保証してくれます。あるいは、怒ったように「絶対保証します」と「絶対」までつけて、断言してくれるのです。専門医に、素人が保証してくれるのです。

かれらは、一体、何を基準に診断しているのか。

そこで考えて、常識以外に考えられないと結論しました。ぼくは、ここで、常識をぐっと意識するようになります。

診断は、あらかじめつけてこられるので、改まってする必要はありません。だが、問題は、患者本人が、その診断に納得しないことです。患者はこの常識に納得しません。ぼくの仕事は、納得しない患者を、いかに納得させるか、にありました。常識（みなと同じ判断）を持たせるようにすることから治療は始まった。

患者と家族は、アルコール依存であるか、ないかで争っていました。しかし、かれらに常識的に考えてもらいました。自分たちはなんで争っているか。それは、「まだ」、と「もう」の争いではないか。患者本人は振戦譫妄をイメージして、そこまでいけば自分もアルコール依存だと認めるといいます（常識の一部）。そこで、振戦譫妄を終点としたら、自分はどこまでの道のりを歩んだと思うか、と尋ねます。終点についていないということは、その途中であることを認めたことになります。新幹線の大阪行きに乗って、名古屋まで走っている中途という状況です。家族と、アルコール依存で、ある、ないと争っているのは、名古屋あたりを走っている状況で、あんたは既に大阪に着いている、着いていないと喧嘩しているようなものだ、と考えさせるのです。問題は、新幹線を降りなければ、いつかは必ず大阪まで行ってしまうことだ。どこを走っているかではなくて、新幹線に乗っているかどうかが問題なのだ。ぼくはそう説得しました。

＊　再挑戦の意味

新幹線に自由意志で乗った人は自由を奪われていることの自覚は持ちません。降りようとした時、初めて自由がないことを知る。自由意志で飲んでいる人も、自分に自由がなくなっていることを知りません。ぼくはとりあえずそう説明しました。

ぼくは、診断そのものは重要なことでなく、自分がどのような状況にあるかを認識させることが重要だと考えるようになりました。そのために、新幹線の例え話を考えたのです。

患者を退院させる時には、またまた、常識を意識させられます。入院させた社会が今度は患者が治ったことを保証せよ、と迫るのです。ちゃんと治してから、家に戻してください。あるいは職場に戻してくださいと要求されます。

そういう常識と、ぼくは向かい合わねばなりませんでした。当然、治ったとは何かを考えます。治ったとして、それを知ることができるかも問題です。

患者が治ったと知ることはできるか。常識の治癒の定義では、これから先、患者はもう二度と飲酒しないことです。「徹底的に治療して、もう二度と飲まないように治して欲しい」と家族はいいます。家族ばかりでなく、職場の人事部のひともそう考えていたようです。医者である教授すら、あれは治らんと言いました。完全断酒が治癒だと考えていた発言です。

そこでぼくは考えました。ぼくに何ができるか。退院する患者のすべてが、二度と飲まないと保証できるように治せるか。

そもそも完全断酒とは何か。一年断酒していても、また飲み始めるケースはいくらでもあります。将来は知り得ないのに、知り得たかのごとく断定することを迫るのが当時の常識の治癒の定義です。二年断酒したものは、継続できる可能性は高まりますが油断は禁物。その後も飲まないと言い切れるか。そんなことはできません。しかし、それでは何らの評価もできないので、当時の学会では、三年間断酒させたら、その治療法で治癒したと認めるという、提案をしていました。しかし、ぼくたちは治療を始めたばかりです。治癒といえる患者はまだいませんでした。学会でなぜ三年という数字が出てきたか。二年やめていても、再飲酒する例は、時折見られたからです。

未来をある程度予測することはできても、断定することはできません。どうして、もう治った、二度と飲酒しないと、家族や職場の人間に約束することができるでしょう。かれらは太鼓判を押せというのです。

それに、それが出来ないからといって、二年も三年も病院に入れておくわけにはいきません。ぼくたちは、押し寄せる患者を、なんとか入院させてあげるために、入院期間を、三カ月に区切りました。三カ月、鍵を掛けず開放で、飲もうと思えば飲める状態にして入院させた。その三カ月は断酒していました。その人間の中から、この人はもう一生酒は飲みません、と保証できるものがいるでしょうか。二年断酒していても保証できないものを、たった三カ月の断酒で、一生飲まないと保証できるはずがありません。

ぼくにできることは何か、を考えます。この世の中の常識を変えることです。

奇跡を起こすことではない、すぐに再挑戦させること。

退院した患者のうち、かなりのものが再飲酒するであろうと予測できます。ほんの少しのひとは長期断酒出来るでしょう。が、少しのひとは直ぐに飲み始め、残りは数カ月から一年か二年は断酒し、その後再飲酒して病院に戻ってくるでしょう。これが未来の展望です。そう考えるのが現実的です。そしてぼくにできることは、三カ月で再飲酒してしまった人を、直ぐに立ち直らせ、今度は三カ月以上に断酒の記録を伸ばさせることです。これまでは、再飲酒すると、再び挑戦させることはせず、やっぱりダメか、と諦めて放置していました。家族もまた手に負えなくなってから、病院に連れてきて、もう少し完全に治してくれるようにクレームを付けるのが普通でした。そこで、ぼくにできることは何かを考えました。治っていないのだから、飲むのが普通だ。だから、再飲酒したら直ぐに連れてこい、再挑戦させよう。そう家族にいうことです。それが新しい常識だと説得するというわけです。

社会的人間として傷が大きくならないうちに再挑戦です。

＊ 間違った常識

断酒が継続しているのは、治癒ではない。それを治癒と考えてきた、これまでの常識の治癒の定義が間違っているのです。この定義は有用性に欠けるということです。放棄しましょう。この病気は、糖尿病のように、治癒がない病気と考える方がいい。断酒は、あくまでもその病気を悪化させないための手段である、それは糖尿病のカロリー制限のような養生に当たる。あるいは食事療法にあたる。

しかし、療法である断酒を継続するのは難しい。なんども失敗して飲んでしまうほうが普通なのだ。こう考えれば、現実はその通りである。それが当たり前なのに、どうして飲んでしまうのだろうと、ぼくたちは苛立っていた。それは間違いだった。

これからは、その人たちに、断酒に挑戦する気持ちを起こさせ、何度でも断酒のスタートラインに着かせるように仕向けよう。これが医者の仕事なのだと考えるようになったら、スッキリしました。当たり前のことをやればいいのです。

ところが、これまでは医者も家族もその反対にやる気を起こさせないようなことをいってきた。「おまえは意志が弱い、最低だ」といって、やる気をくじいていたのです。それがかつての常識であった。ぼくの仕事はその常識を変えていくことになります。ぼくは、三カ月良く出来た、最初としては上出来だ、次は三カ月と一〇日に挑戦しよう、と励まします。

ぼくは、とりあえず、自分のなすべきことが見えてきました。

これで、何をなすべきかが決まった。

つまり断酒が継続しないのは、意志が弱いのではなく、単純に、難しいからである。そしてこの断酒のためには、自助組織、ＡＡ（アルコホーリクス・アノニマス）や断酒会のような組織に入ることが有効である、と理解するようになったのです。

＊　難しさの種類

ぼくは難しさの種類を常識的に説明することにしました。

世の中の難しさには二種類ある。一つは特別な人間に出来る難しさ。もう一つは誰にもできるはずの難しさ。前者はオリンピックで金メダルを取るような難しさ。ぼくのような普通の人間にはできない難しさ。こんなものに、お前も人間だろ、向こうも人間だろ、挑戦しろとけしかけるのは無意味です。しかし、断酒のようなことは、誰でも出来る難しさです。毎日、十円玉を貯金箱に入れる。それを毎日、忘れずに繰返す。しかし、これが出来る人は、結果から見ると、わずかしかいない。それは、継続することが難しいからだ。だから、失敗した日が、自分の記録の途切れた日と考えて、もう一度挑戦するようにしよう、とぼくはいいます。

こう説明すれば、常識でわかります。しかし、クルト・シュナイダーは、記録が途切れると、お前は意志が弱いと断罪していたのです。

これにはあるきっかけがありました。患者に「先生がタバコをやめたら、ぼくも酒をやめます」と挑戦されたのです。ぼくはなりゆきで受けて立つことにしました。ぼくはかなりおっちょこちょいのところがあります。ぼくが勝てば相手が一万円、向こうが勝てばぼくが一〇万払う、という比率です。ぼくはそのころヘビースモーカーで、ホープという紙巻を、日に六〇本から七〇本は喫っていました。そして、何度か禁煙を試み、三カ月続いてはまたのみ始め、六カ月続いてはまたのみ始めを、繰り返していました。でも、ぼくを禁煙医のところに無理やり連れていこうとする人も、当時はまだいませんでした。

この賭けを知った看護師たちは、この賭けの結果を心配しました。ぼくがこの賭けに負けたらどうするのだ、というのです。患者に再飲酒の絶好の口実を与えることになる。ぼくが勝ってあたりまえ、べつに褒められるようなことじゃない。向こうは病気なのだし、こちらは正常なのだから。しかし、負けたらどうするかというのです。明らかに、ぼくの負ける可能性を考えていたようです。しかし、一度賭けたものを、やめるわけにはいきません。その方が、もっと相手に口実を与えてしまいます。ぼくは頑張りました。

一年くらいで、相手が飲んでくれたときは、正直ホッとしました。しかし問題がありました。賭け金をどうするか。かれが勝てば一〇万円、ぼくが勝ったときは一万円ということになっていました。しかし、かれから一万円を巻き上げるわけにはいきません。医者が患者から病気を種に一万円巻き上げるのは、道徳に反します。ぼくはかれの前でタバコを一本喫って見せ、賭けはおあいこ、勝負なしということにしました。そして、一本だけでやめ、ぼくはせっかく続いた禁煙を、そのあとまた再開し続けるつもりでした。ぼくには失敗してのんだという意識はありません。自分の意志でタバコを一本のんだだけです。次の二本目はのまないことに決めていました。

ところが、どういうわけか、そううまくはいきませんでした。お芝居でのんでみせたその一本で、ぼくはまたタバコを何カ月ものみ続けることになりました。ぼくの意志は正常で、かれは意志が弱い、などという問題ではないことが実感できました。ホッとしたことが原因であることがよくわかりました。緊張の糸が切れたのです。一年禁煙が続いたのは、実はかれのおかげだったのです。かれはやめている時の、励みになる仲間だった。ぼくは、当時のタバコのみと酒飲みに対する、不公平さに気がつきました。かれは意志が弱いといわれ、ぼくはいわれません。ただ単に、ぼくにとって、禁煙は難しいことなのです。

断酒できないのは単に難しいからであり、難しいことをやるには、いいと思われることはなんでも取り入れるのがいい。仲間を持つことが有効なら、それを取り入れよう、そうぼくは考えるようになりました。断酒のための自助組織に患者をつなげることを当然と考えるようになります。当時の医者は、断酒会やＡＡなどの外部の組織と自分の病院の入院患者が接触することを、院内の秩序をかき乱されると考えて、強く警戒していました。

＊　新しい定義

ここまできて、ぼくは、自分なりのアルコール依存の定義を作りました。ジェリネックにいわせれば、疾病に対する見方を作ったのです。

その定義とは、患者たちは、「酒をやめざるを得ないところに追い込まれた人間」であるという定義でした。病気の定義というより、人間的な定義です。

また、こうも考えました。人間は生物的な面と社会的な面とある。アルコールは物質である。それを長期間大量に摂取すれば、慢性中毒という身体的病気になる。

だが、過度の飲酒は同時に社会的な面で、人間の価値を傷つける。酔って不始末をしでかしたり、無断欠勤をして職場で同僚に迷惑をかける。断酒を約束したのに再飲酒して、周りを裏切り信用を失う。これが社会的人間としての病気である。社会的人格の病気といってもよいでしょう。アルコールを断てば、身体的な症状は消える。だが、社会的人間としての病気、失った信用はなかなか回復しない。この回復は、難しい断酒を継続して見せることで初めて、しかし徐々に可能になる。

こうして、ぼくは仕事の上で、社会のいわゆる常識というものと向かい合っていることに気がつきました。

患者は社会の常識で診断され、専門医に連れて来られます。常識が厳しいと、治療の開始が早まる。常識の基準がゆるいと、振戦譫妄という体の病気になるまで、放って置かれる。ぼくはある有名な俳優の奥さんに、あなたの亭主はアルコール依存だから、早く治療を受けさせなさいと助言し、逆に叱られました。余計なお世話だ、うちの亭主はちゃんと働いて、あなたの数十倍は稼いでくる。そんな人が病気か、というのです。彼女の常識では病気ではなかった。もちろん慢性アルコール中毒の略称、アル中という当時の診断名に、蔑称的な印象を受けたので、そう反応したのかもしれません。かれはほどなく腹部大動脈瘤で緊急入院しました。そして断酒を迫られました。しかし、酒を切ると、離脱症状が起きる可能性がありました。かれを病院に繋がらせるためには、奥さんの常識を変えさせる必要があったのです。

ぼくは治療の立場から、不都合な常識があればそれを変えることが必要である、それは個人の治療と同様に重要であると考えるようになりました。

いや、はじめから常識を変えようと考えたのではありません。一度入院させたあと、患者を社会復帰させようとした時に、ぼくの前に立ちはだかる偏見の形をとった常識と闘う必要を感じたからです。立ちはだかる偏見の夥しいことに気づいて驚きました。

そしてそれを直そうとしたのです。そのころは、ぼくは常識がある一方で、偏見もあると考えていました。しかし、ぼくから見ての偏見は、当人にとっては常識であることに気づきます。自分自身が、過去にこれと同じ偏見を持っていたことを思い出したからです。

それに気づいた時、常識と偏見があるのではなく、古い常識と、新しい常識があるだけで、古い常識が別名で偏見と呼ばれているに過ぎないと気がついたのです。これにハッキリと気がつくのは、アインシュタインの冗談ぽい常識の定義を見たときからです。

かれは、常識を「常識とは人間が一八歳までに作り上げた、偏見のコレクションである」「夥しい偏見の山」と定義していました。新しい発見、発明のためには、いつまでも常識にとらわれているな、と教えたかったのでしょう。常識をネガティブに表現したので、アイロニーとも、ジョークともとれたのです。しかし、ぼくは有用性において、これに勝る常識の定義はない、と気がつきました。アインシュタインは当然なことながら、相対論的に常識を見ていたのです。ぼくも常識を相対論的に見るようになります。

臨床の場で、家族や職場のひとに、「あなたは偏見を抱いている、それを改めなさい」というのと、「あなたの常識はちょっと古い、新しい常識はこうです」というのとでは、どちらが受け入れやすいでしょう。もちろん後者です。お前は偏見を持っているといわれたら、必死で抵抗します。

ここで、ぼくの考えから、偏見という言葉は消えました。古くなった常識と、新しい常識があるだけです。

こうして、ぼくは常識を中心に、人間や社会を考えようとするようになります。そして、常識という日本語にこだわっていくうちに、過去の常識学派、常識哲学に出会うのです。

＊ 常識は変化する

「常識」という言葉は、江戸時代の日本語にはありませんでした。

「常識」という言葉の前に、日本語には「当たり前」という言葉がありました。自明の理という難しい言葉は、庶民に理解されるかどうかわかりませんが、「当たり前」は「アタリキ」などの俗語までできて、誰にでも通用します。説明などしなくても、社会の全員が一致できる意見です。

その日本に、「常識」は、英語のコモン・センスの訳語として、入ってきました。そして直ぐに、「当たり前」に代わって日本語に取り入れられたのです。導入は、明治の初期でしょう。ぼくは井上円了のような、仏教から入った哲学者の訳だろうと推定しています。識という漢字がそう推定させるのです。阿頼耶識《あらやしき》などという仏教用語から、「意識」など識という漢字のついた訳語が生まれます。常識はその一つでしょう。コモン・センスは英語ではセンス、どちらかというと判断力に力点が置かれていますが、日本では知識の識に引きずられるのか、知識とか経験とか、記憶の中に蓄積されたもののイメージが強い。しかし、それと同時に判断の基準になっているものという認識が含まれています。

コモン・センスは、「常識」という訳語を与えられると、日本でどんどん広まり、「哲学」という言葉の数倍、あるいは十数倍ものスピードで広まり、日常会話の中で使われるようになったのです。お前には哲学がないといわれても怒りませんが、常識がないといわれれば怒るようになります。哲学は必要物とは考えられませんが、常識は必要物なのです。

ぼくは、臨床では、患者の常識を変える努力をすることから始め、患者の周囲の常識まで変える努力をしました。家族や職場の同僚の偏見を正そうとしていた時は、成功しませんでした。しかし、常識が古いというと改めてくれました。新しい常識はこうですよ、というと素直に受け入れたのです。啓蒙ということはこういうことか、と納得しました。

考えれば当然ですが、常識は変化する、常識は古くなる、ということが「社会の常識」になっているからです。それで受け入れやすかったのです。そしてそれを精神科の他の部分にも拡大します。

ぼくはアルコール依存で得た常識観を、躁うつ病にも適用します。躁うつ病は、北杜夫と同じ病気だ、と診断するようになりました。あるいはチャーチルと同じだ、という具合です。

また臨床の場で、患者にうつ病だとか躁病だとかいうより、北杜夫病ということの方が、有用性の上ではるかに勝ります。ぼくははじめ冗談のように、北杜夫病、チャーチル病と診断していましたが、続けるうちに、はるかに臨床上に有用であると判断するようになりました。診断すると、この薬、北さんものんでいた？　それならわたしものもう、という具合に、薬も服用させやすくなるのです。

北杜夫もチャーチルも、偉大なオヤジ、しかも癇癪持ちで、支配的なオヤジを持っていました。二人ともこの親父を乗り越えるために格闘します。そして、人生でオヤジと並んだ、あるいはオヤジを越えられた、と意識した時から、躁病になります。チャーチルは海軍卿になった時、北杜夫は『楡家の人々』という大作を書き上げた時からです。二人とも、自分の病気について隠さなかったことも共通しています。

二人の文学的研究は、医者が患者の記憶だけをたどって作り上げた純粋な病歴記録とは比較できないほどの内容に富み、しかも有用です。

常識の問題と分かってから、ぼくは病気の説明も、常識で理解できるように、特別の用語を使わないように努力します。

その他、ＤＳＭ４（アメリカ精神医学会のまとめた『精神障害の診断と統計のマニュアル』第四版）も使わず、たとえば嗜癖などという難しい漢字も使わないことにしました。癖だけでいいのです。すると癖の性質が、常識同様これまで理解されてこなかったと思い当たりました。

どんな簡単な癖もバカにできない。それから抜けるには大変な努力がいるからです。それればかりか、人間がそもそも、なにごとも、すぐ癖にしてしまう動物であることが、ぼくには分かってきました。この性質のおかげで、人間には文化が生まれるのです。すぐ真似して広まり、すぐ習慣化し、集団の癖というべきものができる。これが文化です。

＊　哲学史の中で

さて、哲学の歴史のなかでの常識の位置ですが、最初の常識学派は、常識が先天的に人間に備わったものと考えていました。小林秀雄には『常識について』という有名な本がありますが、かれも「神から授かった常識という能力」と書いています。二〇世紀になっても、まだです。これで小林秀雄も怖くなくなった。かれは常識哲学のことは知らなかったようです。

先天的なものを完全否定したジョン・ロックやヒュームのあとから出てきたトーマス・リードが、意外にも常識が先天的なものと考えていたことはちょっと驚きです。しかし、考えればそれも当然です。何しろ、かれはプロテスタントの坊さんでした。2＋2＝4は常識だ、ものが綺麗だとか醜いだとか判断するのは常識だ、先験的に人間に備わっている。かれは、神の存在を議論していたら議論が先に進まない、とりあえず、神を信じるものも信じないものも、共通に持っている常識をもとにして進もうではないかと考えたのです。すべての対立を、常識という言葉で解消しようとした。

科学が進歩し新しい知識が、それまでの神学と矛盾するデータをつぎつぎと突きつける。そういう状況下で、デカルトの、神様と縁を切った哲学が生まれ、ロックの、全ての始まりは白紙であり、人間は経験を積み重ね、得た知識から精神能力の全てを生み出した、という考えに至ります。極端にいえば、神が人間を作ったのではない、人間が神の観念まで作り出したというのです。

一部の知識人はこの考えを理解しましたが、科学も哲学も難しすぎると思っている当時の大衆を信者に持つ聖職者としては、実に厄介な問題であったのです。

一番困った問題は、それまで神によって立ってきた倫理はどうなるのか、ということです。そのキリスト教世界の危機意識の中で、生まれてきたのが常識哲学です。常識哲学者は倫理の先生たちでした。神様も常識、道徳も常識、そしてとりあえず科学の研究も自由にやろうという、常識という共通点を大切にする折衷案です。それが初期の常識哲学だった。

その成果が倫理学としての経済学です。アダム・スミスの経済学はこうして生まれるのです。アダム・スミスは倫理学の教授です。グラスゴー大学では、リードはかれの後継として倫理学の教授になるのです。

このあたりから時間が気になり始めるだろうと思います。いつでも時間が来たら終わるつもりで話します。

＊　普遍史観

ここでもう一度、近代哲学（常識哲学以前の哲学です）を展望しましょう。近代哲学の出発点とされるデカルト哲学は、意外と新しいのです。シェークスピアとは親子ぐらいの差があります。もちろんシェークスピアの方が三〇年ほど前です。日本では織田信長という合理主義者が戦国時代に出現します。一五三四年生まれ、八二年没ですから、デカルトの生まれる一四年前に死んでいます。

当時のヨーロッパ人は、地球は丸いことや新大陸があることを知り、教会が新しい大陸に住む人たちや、旧大陸のアジアに住む人たちを同じ人間と考え、かれらに布教するという現実がありました。近代哲学と呼ばれるものは、聖書的世界観をかたくなに持ち続けるローマ教会の権力に対し、現場の坊さんたちまでが現実認識を迫る中で、生まれてきたものと言えます。

当時の大学はまだ神学中心でした。

教会は、歴史は天地創造から始まり、最後の審判で終わるという世界観を持ち続けていました。普遍史観です。しかし、デカルトの生まれるずっと以前に、フランシスコ・ザビエルは中国を経由し一五四九年には日本に来て布教します。そこで、中国という存在に向かい合います。中国は四〇〇〇年以上も前から王朝の編年史を持っていました。それ以来、歴史的に継続して存在していたのです。

宣教師たちは、その中国の歴史を知って愕然とします。圧倒されます。自分たちが、神話のなかでのことと考えていた旧約のノアの洪水よりも、中国の歴史が古く、しかも王朝の克明な編年史が残されている。これでは、中国人を相手に最後の審判を持ち出して、それを理由に悔い改めよと布教するのはむりです。あまりにも大きく矛盾します。放っておけない矛盾です。自分たちの史観と中国という現実の違いを論理的に説明しなければいけません。

一六六六年ゲオルク・ホルンは、なんとか中国の歴史と旧約聖書の出来事のつじつま合わせを考えます。ノアの方舟は中国の堯の時代にあったことだと、聖書と中国の歴史と結びつけるというよりは、こじつけようとします。

しかし、その一〇〇年も前に、ヨーロッパでもモンテーニュは、『エセー』の中で、新大陸の人間は自分たちと同等の宗教と政治とを持ち、習慣（文化）を持ち、つまり、自分たちと同じ人間だといっていた。地球の自分たちの知らないところに、別の世界があった、と自分たちの世界観を絶対視せず、相対性に気がついていました。中国との遭遇は、ヨーロッパ人にとって、地球外生命との遭遇のようなショックだったでしょう。一八世紀になると、東洋の文化を学び始めます。こうして、西欧のキリスト教的世界観と矛盾する情報が蓄積されつつあった。にもかかわらず、デカルトの時代は、まだ科学的発見を公にできないほど、ローマの権力が強い時代でした。それは世俗的王権が教会の権威と結びついていたからです。

ザビエルの日本布教の一五年後に生まれた、科学のヒーローだったガリレオも、うっかりすれば、異端とされ、ブルーノのように殺されかねなかったのです。コペルニクスの地動説を支持したブルーノが火炙りになったのは一六〇〇年のこと。デカルトの『方法序説』「コギト・エルゴ・スム」(われ考える、故にわれあり)の出版は一六三七年のことです。ガリレオが異端審問で有罪とされるのは一六三三年です。

デカルトも、かれの哲学を簡単には出版できなかった。そのため、比較的出版の自由があったオランダへと移住しました。一六二八年のことです。

しかし、そこでも、教会から批判を受けることになります。教会の極端な保守派は、デカルトの「コギト・エルゴ・スム」を認めれば、結局は教会の存在が揺らぐ、と考えたのです。デカルトは、カトリック教会とうまくやっていこうと、いろいろ努力をします。自分を育ててくれたジェズイットの学校に感謝し、その先生たちに感謝します。しかし、オランダでも、カトリックの聖職者に、お前は無神論ではないか、としたくもない論争に巻き込まれそうになり、そこでプロテスタントのスウェーデン女王に頼ろうとします。そうして、かれはスウェーデンに自分の哲学を講義にでかけ、そこで肺炎になって死ぬのです。

スピノザも生前には著作を発表できませんでした。死後数十年して、ようやくかれの倫理学は出版されるようになります。カントですら、宗教を理性の範囲内だけに置こうとする論文を発表しようとして、発禁を喰らいます。

哲学が、現在のように象牙の塔での学問ではなく、個人の自由解放を求める、精神的革命の闘いであったことがわかります。権力者の側はそうした哲学の意味するものがわかったから弾圧したのです。哲学史は思想を単に編年的にまとめたものではありません。思想の上での闘争だったのです。

当時の王権は、宗教と世界観を分かち合っていました。かれらにとっては、宗教と哲学は同じものでした。

しかし、一方で、個人として自由に考えることのできたモンテーニュやシェークスピアのような人も出てきていた。芝居やエッセーのような形でなら、既にそれも許されていた。しかし、どうしても神というものと、どこかで決着をつける必要のある哲学は別物だったのです。

＊　理性と常識

このまま哲学史講談を続けるわけにはいきませんので、常識哲学に戻ります。

そういう状況のもと、教会のなかでも科学と共存しようという革新的な人たちが、この対立の隙間を埋めて、遅れている人たちの頭を常識で啓蒙しよう、と生まれたのがこの哲学でした。

カントだって、理性（Vernunft, Raison, Reason）は神の与えたものとして折り合いをつけ、神を信じる宗教を理性のもとに置くことを認めさせようとしました。そのような状況下で、常識哲学が現れたのです。

一番重要なことは、理性の代わりに常識で考えることで何が生まれたかです。理性は神がくれたので、絶対的で不変でしたが、それに代わった常識は、人間の中に生まれて育ってきたものですから、相対的であり変化が宿命づけられています。

ぼくはアインシュタインの常識の定義が、有用性で最も優れているといいました。

絶対的な理性を、相対的な常識で置き換えて考えると、どのように人間が見えてくるかを教えてくれるものであったからです。デカルトは、われ考える、故にわれあり、といいましたが、デカルトだって、考えられるようになるまでには、オギャーと生まれてから、何年もかかったのです。つまりかれの中に新しい常識が形成されて、それが、われ考える、という主張をするようになるまでには時間がかかった。

その中で重要な役割を果たすのが言葉です。「常識」という言葉は、常識をつくるのに、大きな役割を果たすのです。フランスでは、いまでも常識に当たるサンス・コマンは、良識ボン・サンスに代わることができません。フランスにエリート主義が残り、意外とボン・サンスに欠ける現象が見られるのは、そのせいでしょう。

生まれると直ぐ母親が主になり、周囲から言葉が入ってきて、母語を作ります。母語を通して、情報が入り続け、共通した判断を下すようになっていきます。親の意見を子供はコピーします。小さい時は、親の言うことをそのまま信じます。しかし、親の言うことと、周囲の言うこととの違いに気付き、より大きな共通判断を求めるようになります。雨のように知識が降り注いで、少しずつ、自分と、周りの世界との関係がわかるようになり、社会に対して、自分に何が許されているかを、青年期のモラトリアム時代に常識外れなことを繰り返しながら、次第に理解していきます。そして常識を持つに至ります。それが個人の常識です。そしてそれを集団と分かち合いながら、少しずつ進化させていきます。常識はそうしたダイナミックな一面を持ちます。その変化が、大きくなると、時代による常識の違いを気づかせられます。古い常識は捨てられていくのです。

こう考えれば、近代哲学の役割はなんだったかがわかります。神からの解放、神からの独立です。だから、とくにヨーロッパで必要だったのです。

ぼくのいう常識は、これまでの哲学で、理性と呼ばれていたものと重なり合いますが、単純に呼び変えたものではありません。不変の理性は、社会の民主化と並行して変化する常識にその場を譲るべきだし、現実に譲っていくと考えるのです。絶対王権の下での法律は、理性に基づいて作られた神聖なものでしたが、民主主義社会では、法律は常識に基づいて立法府で多数決によって作られるのです。新しい常識は新しい法律を要求し、古い常識は、それに抵抗する。そうして新しい常識が多数派になった時に、新しい法律に変えられる。社会が変化し、合わなくなった法律は、新しい常識によって、新しい状況に合わせられる。こう考えれば、デカルトから始まった近代哲学が、役目を終えたことがわかります。

＊　常識が意識されない

ここで、常識がなぜ、意識されなかったか、理由を考えてみましょう。産業革命以後の世界は、人類の生活が急速に大きく変わった時代でした。常識もそれとともに変わります。しかし、常識は相対的ですから、変化の流れに乗っていると、変化に気がつきません。歴史的に、社会学的に常識を見た時、つまり、陸に上がって川の流れを見た時、初めてそれに気がつきます。

たとえば、ぼくの世代、ぼくの両親の世代、祖父母の世代の常識は大きく変わりました。驚くほど変わっています。しかし、ぼくたちは、だいたい三代くらいが、同じ時代を共通して生きているので、その変化に気がつきません。

では、祖父母の世代と、両親の世代とでは、常識はどう変わったかを考えてみます。明治の初期に生まれ、義務教育のなかった時代に子供時代を送ったぼくの祖父母たちは、もちろん、ぼくたちと違った、常識を持っていました。結婚は親の命令でするものという常識、一〇代の半ばには結婚するのが当たり前という常識、女は学問させるといい嫁にならないという常識などを持っていました。それで、男たちは読み書きができたのに、ぼくの祖母たちは文盲でした。それが当たり前のことだった。ぼくの祖母は、ぼくの母を一六歳で出産しますが、その前に一回流産していたのです。最初の夫を亡くしてから、一〇代で再婚し、一〇人の子供を産みます。それが当たり前だと思ったまま生き続けます。ぼくのような、戦争が終わった時、神棚を壊し、中にあった御神体のお札の中には稲穂がいれてあることを確かめるような、神様を冒瀆するような孫が出てくるとは夢にも思わなかったでしょう。そして孫が神様なんているものか、といえば目を丸くして「バチが当たる」と怯えました。クワバラクワバラを唱えました。新潟の農村で生まれ、そこから動くこともなく、新潟の農村で死にました。文盲であったので、新聞を読んで情報を得ることはできません。テレビもありません。祖母たちの常識が非常に限られた内容であったとしても不思議はありません。

この祖母は神様を怖がっていました。自然も同様に恐れていました。神と自然は重なり合っていました。雷がなるとクワバラクワバラと唱えました。神様の罰に、怯えに近い感情を持っていました。狐も神様で、狐は人を化かすという常識があって、日本特有の病気として知られた、狐憑きなどが病的現象としてあったのです。

ベルツが、日本に来て早々に狐の信仰と狐憑きのつながりを見抜いています。

内村裕之教授の研究では、アイヌ民族独特の精神疾患のイムは蛇という言葉「トッコニ」を耳元で囁くと誘発されたと報告されています。驚愕反応というか原始ヒステリー反応というか、狐憑きと同種の病気でしょう。蛇に対する宗教的怯えを抱いているから起こる現象です。両方ともそうした自然に対する怯えがなくなると消えます。映画館の中に電気がともったら映像が消えるのとおなじです。教育がそれらを迷信として、古い常識として変えていった。啓蒙をフランス語ではイリュミネ、光を入れるといいますが、まさに光が入るのです。

この時代の人は移動の自由も、行動の自由も、職業選択の自由も、結婚の自由もありませんでしたが、最も重要なのは当時の常識で縛られていたということです。おかしいとも思わなかった。

そういう迷信や迷信から起こる病気は、義務教育に於ける迷信打破の運動に伴って消えていきます。この迷信打破の運動の先頭に立ったのが例の井上円了です。かれは本願寺派の僧侶でした。余談ですが、真宗の坊さんたちは、キリスト教の社会活動に対抗して、今でいったら社会貢献ですが、それをしようと考えます。その手始めとなったのがキリスト教の禁酒活動に対抗する、仏教の禁酒運動でした。京都の西本願寺で生まれた「反省会」がそれで、その会報として生まれた雑誌が『中央公論』の前身『反省会雑誌』です。この反省会雑誌を元に出版活動を出版会社として引き継いだのが、中央公論社です。この中央公論社からだした『お医者さん』という新書が、アルコール依存を専門とするぼくの代表作の一つでベストセラーになるのですから、天網《てんもう》恢恢《かいかい》です。

＊　性差別とヒステリー

ぼくの両親の世代は、義務教育の時代でした。読み書きができ、新聞を読み、ラジオを聞き、たくさんの情報をひろくあちこちから仕入れることができました。しかし、男は普通選挙を勝ち取りかなり自由になりましたが、女性差別はまだまだ、男は仕事、女は家事という役割分担の形で、常識として残っており、原則は自由であっても、親の許しが貰えないという形で、男と差別されていました。学校も、女性の行ける学校は専門学校止まり、大学への門は閉ざされており、受け入れてくれる職場も限られていました。

そのころの女性には、性差別に対する不満が膨らんでいました。その爆発的な表現が（小児的な表現といってもいい）ヒステリーの形をとったとぼくは考えるのです。そしてヒステリーは女性特有のものという認識がありました。確かに圧倒的に女性が多かった。だから子宮と関係付けられて（古典ギリシャ語で子宮を意味する「ヒステラ」から）命名されたのです。しかし、シャルコーが主張し、フロイトがそれを受け継いだのですが、男にもヒステリーは僅かだがいた。病気の症状は、当時の常識に対する女性の不満の爆発的意思表示だったと考えます。その社会常識が改められていくと、つまり女性解放が進んでいくと、ヒステリーの大発作は消えていきます。ぼくたちは大発作や朦朧状態を伴ったヒステリーが、目に見えて減少していくのを見ました。そして逆に不安神経症やアルコール依存が多くなっていくのを見てきました。アルコール依存も、はじめは男専用の病気で、女性のアルコール依存はなく、それを、女性が、男性と同じようにお酒を飲ませてもらえなかったせいだと、説明しました。当時、意志が弱いとか、職場のストレスとかが、アルコール依存の原因だとされていたのですが、女性の依存が少なかった理由は、社会的な性差別にあった。だから、この面でも平等化がすすめば、アルコール依存の数も増えたのです。

現在、その予測通りになっています。

抑圧や差別が少なくなり自由なのだけど、自分に自信が持てない、という失敗する不安が、主役を占めていきます。あるいは自分が成功しないのは、自分の努力が足りないのだと自分を責め、うつ的になる。それが、ぼくたちの時代の、代表的な病気、不安神経症やうつ病です。

常識の変化と共に、こころの病気の形というか、表現の形式というかが、変わってきたのです。そうぼくの哲学は見ます。

性差別時代の常識を変えようとした、初期のフェミニズムの運動が、ヒステリックと表現されたのも、命名者によってそう直観されたからでしょう。

＊　常識はグローバル化する

また、常識はローカルなものから、ユニヴァーサルなものへと絶えず変化してきました。その間、世界もよりユニヴァーサルになっていきます。日本だけの常識が、次第にグローバルな常識に吸収されていきます。「常識」という言葉が常識となっていくのです。トーマス・ペインのころは、ヨーロッパの新しい常識であった基本的人権という考えが、いまではこの日本での常識になっています。

ローカルな憑き物の病気アモクや狐憑きやイムが消え、世界共通の精神分裂病（統合失調症）という病気になり、分裂病自身、そのなかでも破瓜型や緊張病型カタトニーが減り、妄想型が増えていきます。反応の形が変わるのです。破瓜型は閉じこもり型、妄想型は閉じこもりの結果、思考を増殖させることでおきる。緊張型はヒステリーの爆発型を受け継いだものです。病気の表現系として常識が選んだものです。

常識はいわば、進化し続ける偏見です。常識はこのように相対的なものです。相対性理論のアインシュタインが、常識も相対的なものとして捉えたのは当然です。しかし、相対的なものでありながら、この言葉のもとの言葉（コモン・センス）に含まれるコモンの意味に見られるように、「他の人間と共通に分かち合っている」という意識が重要です。これによって、人間は他者とつながっています。

共通であろうとする意志が人間にあるということです。実存哲学者のヤスパースは、それに近い、コミュニカチオーンス・ウィレ、コミュニケーションしようとする意志、それが愛（人間愛）であるといいました。キリスト教的実存主義のかれは、愛という言葉にこだわりましたが、ぼくは日本語の「気持」くらいでいいのではないかと思います。かれのコミュニカチオーンス・ウィレはコミュニケーションをもちたいという気持ちと言い換えてもいいでしょう。むしろその方が理解しやすい。

内閉性という言葉は、コミュニケーションしたいという気持ちを閉ざすことを指しています。感覚遮断という実験で、人間が情報を絶たれて、幻覚や妄想の症状を出すことが知られましたが、常識判断の道が閉ざされることによって起こった病気だと考えれば説明が付きます。お前はなんでも常識に引き寄せるというかもしれませんが、そう考えてみる価値があると考える人はいないでしょうか。

＊　精神科の陰のテーマ

大分駆け足になってきました。

精神科という仕事が生まれてから、陰のテーマは常に常識だったのだとぼくは考えます。

この常識を形成しようという傾向が、大昔の人間に神という観念（concept）を与えたのです。まさにコンセプトしたのです。神が人間を作ったのではない。人間が神を作ったのです。神が教団を作ったのではなく、人間が教団を作ったのです。そういう考えが宿ったと言ってもいいでしょう。

フロイトは、常識の意識されない部分、無意識が人間を動かすという新しい常識を広めようとしました。かれの考えは最初は受け入れられませんでしたが、今は、我々の常識の一部になっています。常識になり得なかったのは、セックスにこだわりすぎた部分です。ここが古くなっていきました。そして直接的なセックスの不満ではなく、ジェンダーの差別の問題が大きかったことが常識になっていきます。欲求不満でなく、社会的性差別に対する不満が問題になってきたのです。個人のトラウマと同時に、社会問題を考えねばならないことに気づくのです。

アンナ・Oという精神分析による治療例第一号のケースですが、ブロイアーへの陽性転移によって失敗に終わり、ブロイアーとフロイトはビンスワンガーの父の精神病院に入院させ、治療が継続できない限り治癒不可能と刻印します。しかしアンナ・O（実名ベルタ・パッペンハイム）は女性解放運動に加わり、ユダヤ人女性売春婦の厚生事業にたずさわると直ぐに、ヒステリーの発作が起こらなくなり、ナチの弾圧の直前まで、この社会慈善活動を続けます。決して治癒不能、回復不能ではなく、五年後には社会的に回復していたのです。戦後、彼女はその功績によって、西ドイツの切手にまでなります。フロイトに見限られた、不治のヒステリー女性が切手になった。この例は、性差別の社会的問題を考えさせるべきケースでした。しかし、分析家たちによってフロイトの死後も抑圧され、切手の女性の後半生像とフロイトに見限られた女性とが一致するのは大分遅れてのことです。

今でもまだ知らない人が多く、それが常識になったとは言えません。

これをどう読み解くか。あきらかに、フロイトは予後を見誤ったし、病気の原因を見誤っていた。あとから見ればそれがわかります。社会の変化とヒステリーはハッキリと連動していたのです。

＊　イズムという語尾

ぼくたちの若い頃、学生運動が盛んでした。サルトルの実存主義のアンガージュマン（政治・社会参加）の考えの影響もあると思います。同時に人格形成にも絡んでいたからだと思います。マルクス、レーニン主義は、ほとんど若者の宗教でした。そして、学生運動の内部の闘争は、宗教戦争の様相を示していました。人を救う宗教が、最も残虐な殺し合いをする。そういう矛盾が、学生運動にもありました。

その頃のある日、ぼくは早稲田の学生に頼まれて、講演に行きました。そこで有名な左翼の作家に会いました。かれは、「なだ君はチェコにアルコール依存の治療の研究に行ったそうだけど、チェコは社会主義になった、社会主義になれば社会的矛盾は解消し、アルコール依存はなくなるのではないかね」といわれてがっくりきたことを覚えています。事実アルコール依存はいるのです。それどころか社会主義下で深刻な問題になっています。「モスクワの地下鉄に乗ろうとすれば、必ず一人二人のアルコール依存が見つかりますよ」と答えました。

そして学生たちに、ぼくはいいました。イズムという語尾は、日本語には三通りに訳されます。クリスチャニズム、ブディズムはキリスト教、仏教と教の字が当てられます。ソシアリズムは社会主義と主義です。アルコーリズムは中毒とか依存とかになります。そして、すべて同じ語尾を持つことが忘れられてしまいます。日本人の常識では別々のものになり、同じイズムではなくなる。ここで、同じ訳語に統一してみたらどうでしょう。ぼくは医者だから中毒に統一したいと思います。キリスト教はキリスト中毒と訳し、マルクス主義はマルクス中毒と訳す。あるいは依存としてもいい。キリスト依存、レーニン依存。このジョークは受けました。少しは学生を常識的にさせたのではないかと思います。

マルクスもレーニンも宗教にしないで、常識のうちにとどめれば、ぼくたちはその有用性を理解できます。ぼくは、イエスもマルクスもカントも、常識で理解します。

理性と比べ、常識のなんと幅広いことでしょう。ぼくは、日本の常識に従って、常識哲学という言葉を用いましたが、もしかしたら、常識派あるいは常識人という呼び名の方がよかったかもしれません。ぼくは文学青年だった頃、お前は常識的な奴だなあ、と呼ばれて恥じたこともありました。常識について考え抜いた今は、胸を張って、ぼくは常識派だ、と答えられます。常識はいつか古いものとして代わられる自分を意識した寛容な哲学です。

（二〇一二年六月六日、ラマル会での講演草稿）

常識哲学

前章では語りきれなかったことを、丁寧に、より発展的に記したものです。「常識の排他性を、常識が形成されたあとから克服するためには、常識とは何かを考える哲学、常識哲学が必要というのがぼくの考えです」。

一　哲学への迷い道

ぼくたちの世代は、若い頃（ぼくは昭和四年生まれです）、青春期の悩みを解こうと哲学の本を読みふけった、ということになっているようです。今考えると、それは嘘ではないが本当でもない。ともかくも哲学の本がよく売れた時代でした。読まれたかどうかは分からないけれど。

また、当時は学生であるなら、デカルトとかカントとかショーペンハウアーは、少なくとも名前ぐらいは、知っていないと恥ずかしいような存在でした。デカンショ節が戦前戦後を通じて、学生の寮歌として流行りましたが、流行らせたのが旧制の第一高等学校（東京大学教養学部）ということもあって、まことしやかにデカンショは、デカルト、カント、ショーペンハウアーの頭文字を連ねたものという解説が述べられていました。

しかし、それは天下の第一高生がデカンショ踊りにとち狂っているというのでは格好悪いので、あとから付けられた上手な解説で、言語学者なら、それは嘘、ドッコイショと同じ系列の歌の掛け声だろう、というでしょう。

それほど、明治の初めから大正まで（一九世紀末から二〇世紀初頭）の学生には、哲学が似合いだったのです。哲学書を次々と出版した岩波書店が、大いに当たって繁栄を極めるほど、学生は哲学の本を読んでいた、あるいは持ち歩いていた、ということです。

しかし当時の学生が、どれだけデカルト、カント、ショーペンハウアーを理解していたかというと、疑問を抱かざるを得ません。ましてや、かれらの人生の悩みを解決するのに哲学が役立ったとは、ぼくには到底信じられません。

ぼくも若い時は、岩波文庫の黄色い帯のデカルトやカントやショーペンハウアーを持ち歩きました。読みふけったといわないのは正直だからです。持ち歩いて読んだふりをしていました。分かったふりをしていたのです。

他の人たちは、ぼくが読んでかつ理解したと思っているようですが、本人が一番良く知っています。全然、分からなかった。分からないのだから、人生の悩みの解決に役立つわけがない。それが哲学的論理というものです。

分からないから哲学はつまらなかった。読むのが時間の無駄と感じた、それでも読んだふりをしていた。青春の見栄というのは、今考えると滑稽です。でも本人はまじめでした。大学時代は知ったふりでなんとかなりました。

二　精神科と哲学

ぼくは大学（医学部）を卒業して、精神科を選ぶことになります。他の科（外科、内科、眼科とか）に進んだものは、早々と哲学など捨ててしまいます。忙しくて哲学などやっている暇がなかったのです。

しかし、精神科は違いました。ことに、精神科の中でもぼくが選んだ精神病理学のグループでは、哲学が盛んで、日常の会話の中でも哲学者の名前が飛び交い、その考え方が解説されていました。

ぼくは愕然とし、かつ慌てました。知ったふりがいつバレルか、気が気でなかった。いろいろ考えた末に、自分はもう分かったふりはやめよう、と決意します。

知ったふりは疲れる。正直がいちばんいい。

その代わり、分からないでいるのも癪だ。自分は新参なのだから、分かっている人たちに、徹底的に質問して分かるようにしよう。これが一番手っ取り早い。

というわけで質問して回ります。おれは馬鹿で、そこのところがよく分からない。ちょっと説明してくれ。その説明でもまだ分からない、頼む、もうちょっと。

そう聞いて回りましたから、嫌がられます。でも頑張りました。頑張った結果、ついにはカラミストというあだ名をつけられましたが、それでも怯むどころか、それを積極的に名乗ることにします。

「ごめんなすって、なにしろぼくはカラミストですから」

ぼくの生きる道はこれしかないと思っていました。

そのぼくが、オスカー・ワイルドの、

「他人が聞いて分かるように話すことができなければ、ものごとを十分に理解しているとはいえない」

という言葉に出会います。運命的です。百万の味方を得た気持ちでした。

「ぼくに分かるように説明できないようでは、このことを、本当に理解しているとはいえないですぞ」

そしてしばらくすると、ぼくだけが分かったふりをしていたのではない、ほとんどの先輩同僚が分かったふりだったことを、ぼくは知ります。数人の例外はいましたが(世の中にはちゃんとした人もいるのです。でも、大抵はいい加減でした)。

三　観念論という揶揄

それから一時は、哲学を役立たずの学問、時間を無駄にさせる学問、象牙の塔の学問の代表だと、哲学を揶揄するような気持ちになります。

哲学はぼくの頭の中で「観念論」という言葉に集約されます。「観念論」は、「唯物論」と対立し、すべてを精神の側から考えよう、観念を基にして考えよう、というカント以来のドイツ哲学の流れを指しますが、日本の字引には「頭の中だけで作り出した、現実に合わない考え」という揶揄的な意味も記されていますから、哲学にそういうレッテルを貼って、自分から遠ざけたのは、ぼくだけではなかったのでしょう。

学生運動が盛んな時代でした。ぼくたちのあと、さらに学生運動が盛んになり、一時、大学が閉鎖されるような状況がうまれます。ここではその話に深入りしません。ここで脱線したら、日暮れて道遠し、話し終えることが難しくなります。

「観念論」という揶揄は、一番多くが「唯物論」の行動派の学生から寄せられたものでした。頭の中で考えているより、イデオロギーで武装して党派に属して革命という目標を勝ち取るために行動しよう、と単純化したい学生たちの、特別好む言葉のようでした。

ぼくは、かれらにシンパシー（共感）を抱いていましたが、かれらの運動に参加しませんでした。

しかし、革命家たちの本は少し読みました。といっても理論の本ではありません。実は、哲学を勉強するのが面倒になったように、イデオロギーの勉強をするのが面倒だったので、イデオロギーの方でも分かったふりをしたのです。読んだふりをした。マルクスの資本論などは、全然読んでいません。本当に読んでしまったのはトロツキーの『亡命日記――査証なき旅』だとか、アナーキストである大杉栄の『日本脱出記』だとかでしたが、当時は、これらは「読んだことがないふり」をした方が得策だった本です。

赤旗は、何かというと「トロツキスト」のレッテルを貼って、左翼の戦線から追い出そうとしましたし、「アナーキスト的破壊主義者」たちは、暴力（ゲバ）で排除するのが正当化されるような、害虫の如き存在とされていました。そのような雰囲気でありました。間違えられて、そんな恐ろしい目には遭いたくありません。

ぼくは医者という仕事は人民に奉仕する仕事だ、なにも革命ばかりが行動ではない、と思うことにし、ノンポリに徹し仕事にのめり込むことを正当化します。しかし、その仕事にのめり込んでいったある日、自分が哲学をしていることに気づくのです。

四　カントする

ぼくが精神科医になってそろそろ一〇年という頃でした。国立療養所久里浜病院（当時）の通称「アルコール専門病棟」の責任者に命じられます。

このことは何度か書いていますから、知っている人もいるでしょうが、これが哲学を考えるきっかけになったのですから、まあ、辛抱して読んでください。

当時、アルコール依存は「慢性アルコール中毒」が正式な診断名で、精神科医は治らない病気の中に入れていました。ぼくもその時まで、数名の（一〇名以下です）患者を入院させて受け持ちましたが、その中に、断酒を継続できているものは一人もいませんでした。当時の考えで、「治った」患者は一人もいなかったのです。そのぼくが、日本で初めてのアルコール中毒治療専門棟の主任になる。相当に大胆な人選だったように見えます。しかし、これも見えただけ。

実は、だれも自分から行きたいというものがいなかったので、ぼくにお鉢が回ってきただけなのです。

ぼくは、そのポストに任命されることで、治らない四〇名もの患者を、一時に引き受けることになったのです。

何をしたらいいのか。

何しろ、治らないとみながいう病気が相手です。

しかも、当時、精神病院の職員からも、扱いにくい患者として嫌われていた患者たちです。

かれらの病気を治すというのも選択肢です。治らないと考えられている病気を研究し、治療法を発見したら、ノーベル賞ものです。

そういう選択肢もちゃんと考えてみました。しかし、ノーベル賞はぼくには難しすぎると悟るのは、瞬間で十分でした。

もちろんそれに成功したら、とも仮定してみました。不愉快にさせる仮定ではありませんから。

しかし、その発見まで何年かかるというのか。その間、患者を放っておいて、酒を飲み続けさせていいのか。

ぼくは考え始めましたが、考え始めると止まりませんでした。家族が崩壊するのを、おまえは自分の研究の成果が出るまで患者に待てというのか。患者が仕事をクビになって、家族が路頭に迷うのを、横目で見ながら、研究に没頭するというのか。

ぼくは考え続けました。ただひたすら考えました。

何とかしなければいけない。何をなすべきか。何をしたら良いのか。

そうはいっても、できないものはできない。

治せないものは治せない。

では　ぼくに何ができるのか。何が可能か。

何かやるとしても、それが果たして、いい行動なのか、いい選択なのか。

そのことを自分は知りうるか。

結果をあらかじめ知ることはできない。

では何を、どこまで知りうるのか。

そう考えているうちに、これって哲学ではないか、と気がついたのです。

「何をなすべきか」、それがカントの終生の命題だったと、若いとき聞いた講義の中で先生がいっていました。それだけが思い出された。Was soll ich tun? ドイツ語を使って申し訳ない。ちょっとキザかな。でも知っているのはその程度のドイツ語です。そして、それを思い出したら、かれの命題といわれるものを次々と思い出したのです。

Was darf ich hoffen?（何を望みうるか）と訳したらいいでしょうか。

次にWas kann ich wissen?（何を知りうるか）かな。

そしてWas ist der Mensch?（人間とは何か）というわけです。

そう、ぼくがその時直面していたすべての命題が、カントの命題だった。そうならば、まさしくぼくは哲学していることになります。

ぼくは気がついた。これが哲学なら、難しいことではないではないか。

哲学を学ぶことは難しい。しかし哲学することは、さして難しいことではない。しかも、です。その時のぼくには、哲学することは必要だった。

ぼくは医療の面では行き詰まっていました。だから、知らず知らずのうちに哲学していたのです。ふざけたいい方をすれば「おれはカントしていた」というわけです。

五　とりあえず一日を生きるという哲学

ぼくはこうして、考えた末に、ケストナーの、

「人間は一回しか生きられない、しかし一回は生きねばならぬ」

という言葉に出会います。

とりあえず患者たちと、今日一日を生きていかねばならないと考えます。生きていくほかはないのです。そして生きていかねばならない以上、積極的に生きていこうと思います。医学が何もできないときには、哲学が役に立つことを知るのです。

このとりあえず一日を生きるというのも、立派な（立派なといっても、誤解のないように。古今の大哲学と比較して立派というのではありません。「人一人を生かすに足る」くらいの意味です）哲学だと思ったのです。

君たち、「これから一生酒を断て」とはあえていわない。とりあえず、今日一日酒をやめていてくれ。明日どうするか、明日考えよう。患者にそういうのだ、と思った時、巷ではドリス・デイの歌う「ケセラセラ」の歌が流行っていました。何かの不思議な一致でしょうか。ぼくはそれを口ずさみました。

ケセラセラ（なるようになる）。これまで、ぼくは哲学を難しく考えすぎていた、と

思いました。

また、一方で、日本では、植木等のスーダラ節も流行っていました。患者たちは、

「わかっちゃいるけどやめられない」

と口ずさんでいました。

これは哲学といえない、と患者にいいました。やけっぱちの自嘲だと。こういうところはちょっとご都合主義かな。そんなことはどうでもいい。

こうしてカントすることで、ぼくは、自分自身が、先のことを考えず、今日一日をとりあえず、なんとかしながら生きようと思いました。

今日やるべきことをやっていく。今日やることのできること、やることの許されていることをやろう。ぼくは、それをとりあえず主義と名付けました。

さて、とりあえず何をしなければならないか。ぼくには、とりあえず受け持たされた四〇人の入院患者と、入院させてくれとひしめく、その数倍の患者がいました。その患者の後ろには、その入院を一日も早く実現して欲しいと思う家族がいました。

入院の形態にはいくつかの選択がありました。これまでの精神病院でやっている通り、病棟を閉鎖して入院させるか。つまり患者を、鍵をかけて閉じ込めるか。それとも、鍵はかけないで、患者の外出を自由にさせるかです。閉鎖病棟にするか、開放病

棟にするかです。

それまでは、患者を閉じ込めて、飲みたくても飲めない状態で入院させ、無理にでも酒を切らせるのが、治療の第一歩と考えられていました。そして、そういう形では、アルコール患者は一病棟に三人が限度と考えられていました。

三人以上一緒にいれば、アルコールの患者は、他の病人を煽動したり、逃走の計画に他の患者を巻き込んだりするので、絶対に避けるという知恵が、当時の精神病院の精神科医の間で、受け継がれていました。

入院数を制限するので、当然、アルコール患者は、どこでも満杯で、受け入れてくれるところがなく、あちこちたらいまわしにされることも多かったのです。

ところで、ぼくが責任者になるのは四〇ベッドの病棟です。そこに三人だけ入院させ、あとは空きにしておくというわけにはいかない。これまで三人以上まとめるな、といわれてきたアルコール依存の患者を入院させるには、閉鎖では無理だ。職員が力ずくで鍵を奪われるという事態は避けたい、としたら、鍵を開け、逃げたいものに逃げてもらうのがいいだろうということになったのです。患者を信頼して、開放したわけではありません。

そして、入院の時には、あくまでも本人の意志で入ってもらう。そのためには充分以上の説得をするということを決めました。

選択肢は四〇人入院させ、閉鎖にしておくか、患者が逃げるのを覚悟で、開放にするかの二つに一つです。ぼくは開放して、逃げてもらう方を選択したというわけです。逃げるものは追わずで、残ったのは自由意志でいるのだから、こちらの話も聞いてくれるだろう、という計算でした。

ところが、これが計算違いでした。どう計算違いしたのか、それはこれからのお話です。

六　何を知りうるか

さて、とりあえず開放で入院させました。

どれくらいが逃走し、家に戻ってしまうかです。

意外な結果が出ました。翌日、何人逃げたかと病棟に聞くと、誰も逃げていないのです。

じゃあ、次の日は誰か逃げるだろう、と明日に期待します。明日に期待するというのも変ですが、何人かは逃げるに違いないと思っていたのです。でもその期待も裏切られます。

こうして一〇日も、誰も逃げなかったとなると、なんだか不安になります。なぜだろう、どうしてか、と考え始めます。

都合のいいことでも、わからないことがあるのは、嫌な感じです。それで、現場の職員で会議を開き、皆で考えて、ある看護師の「電車賃がないから逃げられない」という推定を取り上げます。

じゃあ、お金を持たせれば逃げるか。

当時、精神病院では入院に際し、刑務所のように身体検査まではしませんでしたが、所持するお金は出させ、職員が預かり帳簿に付け、買い物は代行するシステムでした。

これが結構面倒なのです。自分のお金なら、端数など気にしませんが、他人の金となると、帳尻がきちんとあっていないとダメ。だから、お金を預かってきちんと管理する仕事は、入院費の経費の要素として考えられているほどです。お金を持たせ、自分で管理させれば、その分職員の仕事も減ります。一石二鳥なので、お金をそれぞれに持たせることにしました。

もちろん、開放にしてお金を持たせたら、病院の外から酒を買ってきて飲んでしまうだろう、という反論もありました。しかし、ぼくたちの狙いは、逃げたい連中に逃げてもらうことでした。病気は治らないと思っていますから、外に出て行って、酒を飲まれるくらいのことは覚悟の上でした。

反論は院長や事務長の病院上層部からのものでしたが、いや、上層部からの反論だから無視しました。

患者個々人に金を渡して、そして明日を待ったのです。

誰も逃げませんでした。病院で酒盛りをしてもいません。すべての危惧は不必要だったのです。

鍵をかけて閉じ込めなければ患者は逃げる。アルコール依存の患者はそういうものだと思っていました。金を渡せばすぐに、酒を買って飲んでしまうだろう。そう思っていました。だが、それは偏見でした。

ぼくたちはアルコール依存の人たちを全然知らなかったことになります。

かれらは意志が弱い。かれらは病的に酒を飲みたいと思っている。酒をやめたいなどという気持ちは微塵もない。だから、かれらは鍵をかけた病棟に閉じ込めなければ、酒は断つことができない。

たしかにそう見えたのです。しかし、みんな間違っていました。鍵をかけなくても、お金を持たせても、すぐに酒に走ることはありませんでした。だれも逃げず、だれも酒を飲まない。そして、こちらの準備した作業や、リクリエーションなどの日課に従って生活します。

これがずっと続けばこんなに簡単なことはありませんが、もちろんそれはないと思っていました。でもとりあえずは、続いているのです。

六の二　少しの新知識（飛ばして読んで結構）

酒が切れるときに幻覚や妄想などの禁断症状（離脱症状といいます）が、一〇人に一人くらいは表れます。そうでない人でも不眠やイライラなどが起こります。これには軽いホリゾンというトランキライザー（精神安定剤）を処方します。これが、アルコールの切れるときには、特別よく効きます。ま、新兵器といえないこともありませんが、ぼくがヨーロッパ留学から持ち帰った新知識、新兵器といえるものは、それくらいでした。

しかも、その薬は決して新しい薬ではなく、既に軽いトランキライザーとして、ノイローゼなどに使われていました。

しかし、幻覚が出たり妄想が湧いたりするのを、防ぐ力はないと思われていました。分裂病（統合失調症）などに使っても、まったく効果がなかったからです。前にも言いましたが、酒が切れるときには、一時的に、分裂病より激しいというか、活発な幻覚や妄想が出ます。それに対処するため、分裂病に使われるメジャーのトランキライザーが、これまで使われてきましたが、全然効果がなかった。ですから、その場合、より弱いホリゾンが有効だとは、ほとんどの人が思わなかった。

しかし、アルコールが切れるときに起こる幻覚や妄想には、この軽いトランキライザーの方が、強いメジャーのトランキライザーの数倍もよく効くのです。

このおかげで、お酒を簡単に切ることができるようになりました。昔は、この譫妄状態で一〇人に一人くらい死亡していたのですから、確かに、昔と比べると進歩です。それくらいの進歩はありました。しかし、それさえ、苦しまないで酒が切れるのは問題だ、簡単に酒が切れるというので、ますますアルコール依存は懲りずに飲み続けると心配する医者もいました。

それ以外に、いったいぼくたちが何をしたというのでしょう。酒を止める気にさせる薬を飲ませたわけではない。

いや、それはうそです。もう一つあった。思い出しました。抗酒剤として、シアナミドという液状のものが売り出されたばかりだった。これも、武器にはなりました。酒を飲むと体内で反応し、アセトアルデヒドを大量に発生するという薬です。入院中は、朝一回、毎日飲んでもらっていました。それが開放でも患者が酒を飲めない、ことを実現するのに役立ったかもしれません。

それしか医学的工夫はしていません。その薬だって、酒を飲みたければ、患者は飲まない工夫をいくらでもすればいいのです。拒絶して看護師さんを困らせることもできます。口に入れたままで飲み込まず、後で洗面所に行って吐き出すこともできるという具合です。実際にやっている患者さんはかなりいました。しかし、ぼくは別段こだわりませんでした。

こっちも飲ませる工夫をします。ベテランの看護師さんは、鼻をつまんで、さかずき一杯ほどの液状の薬を口の中に放り込んだりしましたが、そういう名人芸は、すべての看護師にできることではありません。それに、患者が本当に酒を飲みたければ、病院を逃げればいいのです。追いかけていって薬を飲ますわけには行きません。

ともかく、思ったよりは簡単に、開放病棟での入院生活をスタートさせることができました。そして、何が起こっても対処するという気負った気持ちで、開放病棟に備えていたぼくたちが、少しばかり拍子抜けするほど、順調に日は過ぎました。

ぼくたちには、なぜだか、説明ができませんでした。なぜそうなっているのかが、分かっていなかったのです。ですから、これから起きることについても分かっていませんでした。もしかしたら、明日は全員が酒を飲んで、病棟で大パーティーが開かれるかもしれません。

アルコール依存について、ぼくたちは何を知っているか。何も知っていなかった。しみじみと、そう思いました。しかし一日たてば一日分だけ、ぼくたちの知識も増しました。未来にはもっと多くのことを知ることができるかもしれない。でも、今は「経験していないことなので、知りえない」。これはどこかで聞いたことがある考えです。ロックの経験論ではないですか。

ぼくたちはジョン・ロックしていたことになります。これは横道です。

こうして、これから経験することが、ぼくたちの新知識になる。これまで判断のもとにしていた知識は、「役立たず」です。ぼくは捨てるのに何のためらいもありませんでした。

患者にも、

「先のことは考えるな。ぼくにも先のことは分からない。分かっていることは、君たちが、今日はまだ飲んでいないということだ。それだけは確かで、確かなのはそれだけだ」

といっていました。

「ともかく、君たちは、少なくとも今日一日はやめられていることが分かった。明日になれば明日はまた、今日だ。人間には今日しかない」

単なる思いつきです。そういいました。しかし、それはぼくの持ったばっかりの哲学がいわせたのでしょう。それがなんだか、患者に受けたようなのです。哲学が受けたことになる。

ぼくは、そのころ哲学という日本語には、哲学を大学で学んだというときの哲学と、かれは哲学を持っているというときの哲学と、二つの違った意味があることに気が付いていました。あるいは哲学するというときの哲学も、持つ方に入るかもしれません。

七　奇跡は起こらない

こうして三カ月もすると、酒を飲まずにいた患者たちは無事退院していきます。閉じ込めた医者と閉じ込められた患者の関係でなく、自由意志で入院し、約束通りに帰してくれる患者と医師（治療スタッフ）のあいだには、淡いものではあるが、なにやら親密な関係が芽生えていました。そのような職員と、同じ病棟で共同生活した仲間の入院患者を残して、かれらは家に帰っていきます。

それからも、一日一日、明日を待つ生活です。

家に戻ってもしばらくの間、全員が断酒を続けます。このように患者の様子を知ることは、閉鎖にしていた場合ほとんどなかったことです。閉鎖の場合、退院したら患者は病院に寄り付かなくなりますから、どうしていたのかわからなかったのです。入院前と全く同じ状態になって再入院した場合のみ、家族から退院直後から飲んでいたという報告を聞くことになります。

開放病棟から退院する患者には、「治って帰るわけではない、入院治療から外来治療に切り替わるだけだ」と治療の継続、医療との関係の持続の大切さを強調しておきました。

こうして、ぼくたちは閉じ込めず、いい印象を与えたので、患者と長い継続的な関係を築くことができたのです。また、そのおかげで、治療する相手のことをより深く知ることができたのです。

飲酒がしばらくの間止まっていると、そんなことはこれまでなかったので、気の早い家族は、

「こんなことはこれまでにはありませんでした。治った、治った」

と喜びます。半年も断酒が続けば、本当に治ったと信じかねません。

そこでぼくは「治る」という言葉にこだわることになります。治るとはどういうことか。

ぼくは考えていました、この断酒がいつまでも続くわけがないと。理由は簡単。ぼくはイエスではないからです。奇跡は起こせません。

「もし入院した患者全員が、そのまま一生酒を飲まないようなことが起こったら、世の中の人は奇跡が起こったというだろう。

しかし、かれらはどこかでまた酒を飲み始める。四〇人のうちの「誰が、何時」と正確に予想はできない。しかし、全体的に見たら、少数は間もなく再飲酒で戻ってくるだろう。また、別の少数は、五年一〇年とやめ続けるだろう。そしてその少数を除く多くは、これから一年のあいだに、必ず飲んで戻ってくる」

ぼくはそう考えて待ちました。

その通りになっていきます。だんだんと、また飲み始める患者が出てきました。

ぼくはなにも特別な思考法を考え出したわけではありません。常識的に考えて、そう結論を引き出していたのです。当たり前に考えていったら、当たり前の結論が出た。

八　挑戦という言葉

飲んで戻ってきた場合、それにどう対応するか、こちらには準備が出来ていました。必ずまた飲んで戻ってくることを確信したぼくは、その場合、何をなすべきか、先回りして考えたのです。

また、前と同じ繰り返しになってはいけない。

ぼくは、これまで周りの人間が、再飲酒の患者になんといっていたかを考えました。

三カ月で再飲酒したものに、大抵は、

「たったの三カ月でまた飲酒か？　一生飲むまいと誓ったのではないか。その誓いを破ったおまえは、なんてだらしないやつなんだ」

とさげすむようにいってきました。

それなら、その反対に、

「よく三カ月頑張った」

といおう。これまでけなしてだめだったのだから、今度は大いに褒めてやろう。けなされるより、褒められる方が気分はいいし、元気も出る。

しかし、唐突にそういうわけにはいかない。それでは不自然だ。一言入れなければいけない。その一言は？

「これまで一番長かった断酒は？」

これに決まりです。それなら、

「そう三日か（実はもう知っているのです）。それが今回は三カ月も続いたのか。最初の試みとしては上々だな」

と、うまくつながります。ぼくはそういうことにしました。

また一方で、こうも考えました。

じゃあ、なにゆえ三カ月断酒が続いたか？

もちろん患者が努力したからです。努力して、これまで三日だった記録を破って、三カ月の記録を立てたことになります。それならかれは、三カ月間何をしていたのか。

新しい記録に向かって挑戦していたのです。

「断酒は挑戦なんだ。治療の結果で続いたわけではない。ぼくたちが「治療の結果」としてきた一日一日、かれらは挑戦して記録を伸ばしてきたのだ。決して、ぼくたちの施した治療の結果で治って、三カ月の断酒が続いたわけではない」

これまで、ぼくたち医療サイドの人間は、患者の挑戦の気持ちを認めてやらなかった。逆に、気持ちを押しつぶしていた。どうしてかれらに、やる気を起こさせることができたでしょう。これまでだめだった理由がわかりました。

ぼくは治癒とか、治療とかの言葉よりも、かれらの場合にもっとも適している表現は、「挑戦」だと思いました。これはどう考えても医学的な言葉ではありません。非専門的な、つまり常識的な言葉です。

断酒は挑戦だったのだ。

それを治った、とか治らないとか考えていたのが間違いだった。と思い至るに及んで、ぼくは自分のやっていることが、はなはだ反医学的だと気がつきました。常識的だと。

病気を医学的に定義するから、どうしても治療とか、治癒とかの言葉が出てくる。常識で考えれば、患者のしていることは挑戦だ。

九　ジェリネック

こうしてぼくは、その頃になって、病気の定義、治癒の定義に目を向けることになったのです。

そしてアルコール依存をめぐるいくつかの定義を探していくうちに、幸運にも、一人の先達に出会います。

その名は、ジェリネックです。Ｅ・Ｍ・ジェリネック。後発医薬品のジェネリックではありません。

かれはアメリカ人ですが、名前の語尾から想像できるように、東ヨーロッパ系移民の息子です。一八九〇年生まれ、死んだのが一九六三年、ぼくがかれの本を知るのが六三年です。フランスに留学していたころ勧められたのですが、その時まで読みませんでした。その一〇年後には日本でも刊行されました。

かれは、主にヨーロッパの大学で学びます。ベルリン大学、ライプチッヒ大学、最後にグルノーブル大学。そしてアメリカに戻り『アルコーリズムの疾病概念』（邦題

『アルコホリズム——アルコール中毒の疾病概念』）という、その問題の本を著すのです。ぼくはこの疾病概念という言葉に引かれ、そこに解答が見出せるのではないか、と思ったのです。

ところが、この本が哲学っぽい本だったのです。

まず序文がおかしい。自分の本の題の批判から始める。原文の題は《The Disease Concept of Alcoholism》ですが、序文で自分の本にケチを付ける。この《Concept》という言葉の使い方が間違いであることは、自分も知っている。だから《Conception》に直したかった、だが、研究のスポンサーが《Concept》という言葉が気に入っていて、この題でないと資金援助はできないというし、出版社も直したがらない。それでそのまま残した。しかし、ConceptとConceptionは同じではない。「概念」の意味ならそのままでいいが、自分は「観念、ものの見方、あるいは考え方」について語りたいのだ。だから、ここはConceptionでなければならない、というのです。

かれは書いていました。「アルコーリズム」もひとつの概念、Concept、「病気」も一つの概念、つまりConceptである。だが、「アルコーリズムは病気である」は、a Conception（一つの考え方）だと。そして最近のアメリカ人たちは、conceptionというべきところで、conceptを用いる人が多くなった、と嘆いていました。会社人間たちが、企画書などで間違ってこの言葉を使い、それが新聞テレビなどマスコミを通じて広まってしまったからで、というのはぼくの解釈ですが、いつの間にか、学校で教えられた正しい使い方をする人たちが、間違っているように見られてしまう逆転が起きているというわけです。その現状は、日本も同じことです。医学の本で、英語の使い方を教えられるとは。

この著者が、哲学好きな人でした。感心しました。ヨーロッパに勉強にきたのは医学と同時に哲学を学ぶためだったようです。その影響が、他の場所でも本に出てくるのです。

例えば、まず本を「定義とは何か」を論じるところから始めるのです。ドイツには定義を定義した本がある。アイスラー著『古今定義辞典』というのがそれで、ギリシャ時代から現代までの、「定義についての定義」は辞典ができるほど多い。そのことを知れば、アルコーリズムの定義が多すぎると嘆いている諸君には慰めになるのではないか、と冗談をいっている。

定義の定義がそれだけあるというのです。定義の定義の辞典があったなんて、知りませんでした。ぼくの読んだ哲学の本には書かれていませんでした。かれのアルコール依存の本で出会ったのです。人間は不思議なめぐりあいをします。

複数の人間が共同で仕事をする時、自分たちの対象に関する共通認識がないと先に進まないから、定義は必要だ。だが、そのための定義の提案はいくらあってもいい、とかれはいうのです。かれは医者で、チームで仕事をする必要があるし、その結果を学会で報告する必要もある。だから、定義することは重要だと。

一匹狼的哲学の先生には、定義は正しいか否か、しか問題にならないだろうが、自分たち臨床医は、それが自分に有用な定義かどうか、考えねばならぬというのです。ジェリネックはいいます。定義など、いくらあってもいいのだ。新しい定義をどんどん作ってもよろしい。その代わり、その定義のどれが正しいかを議論するのは無駄なこと。その代わりに、その定義が有用かどうかを論じよう、と。

例えば、「アルコーリズムとは現実からの逃避である」というのは、だれかの定義だが、これは定義ではなくて解説にしか過ぎない。だが、有用ではあるという。つまり、定義を、仕事の道具と考えればいい、というのです。

この言葉に出会った時、ぼくは頭の中にランプが灯ったような感じがしました。

世の中はその道具にしか過ぎない定義である病名を、本当にあると思い込んでしまう。たとえば、こういういくつもの症状を持ったグループというだけの、なんとかシンドロームのレッテルを、一つの病気と思い込んでしまう人は多いというわけです。定義は、もっぱら有用かどうかをものさしにして比較しろ。定義なんて、尊敬したり崇拝したりするものでなくて、あくまで道具と思えというジェリネックの助言は、当時のぼくにはまさに天啓でした。

かれはドイツやフランスで勉強したけれど、やっぱりアメリカ人だった。これが、アメリカの道具主義（プラグマティズム）だったのです。

ぼくは、それまで授業では聞いたことがありましたが、よく分からなかった。というより興味を持てなかった。ところが、初めて、実地の場で道具主義に触れて、こういうことなのかとよく分かりました。この時から、ぼくも、定義を道具と考えるようになります。自分でどんどん定義を作っていったし、有用でない他人の作った定義は、たとえ大先生のものでもどんどん捨てた。

一〇　常識的な定義

ジェリネックの本を読んで、えらい先生の定義を有用性の点で見直すと、無用なものがたくさんあることが分かりました。例えば、「アルコール依存の人は意志薄弱人である」という定義があります。

「意志が弱いから飲みたいという欲求に勝てない、だから飲んでしまう。ところが健全な健常者は意志が十分に強いから、酒の誘惑に負けない。だから、アルコール依存にならない」、なんだか、聞いていると本当にその通りだと思えてきます。しかし、よく考えるとその通りではないのです。

これは「患者が人より倍も強い飲みたい欲求（嗜癖《しへき》）を持っている。だから、飲んでしまうのだ」、という定義の正反対に位置するものです。

しかし、ぼくは、患者に意志薄弱のレッテルを貼ることは、有用かどうか、考えました。考えれば、ハッキリと無用です。しかしそれは当時の精神医学的な定義の一つになっていました。ですから、医者の多くが使い、正しいと信じていたのです。

また、その対極の、

「アルコール依存の患者は、アルコールの嗜癖を持つもののことである」

という定義も捨てました。嗜癖というのは漢字が難しい、常用漢字にも入っていません。それも拒絶の理由の一つです。それに、意味も一般の人にはよく分からない、ということも理由です。

嗜癖は、辞書には「あるものを特別に好む性癖」と「タバコ・アルコール・覚せい剤などを連用し、やめると精神的・身体的に異常が現れる状態。アディクション」とありますが、前者が漢字の意味的な定義であり、後者が医学的な定義です。

嗜癖などという漢字は、多くの人はそらでは書けないでしょう。医者であるぼくも、読むのは簡単ですが、最近は、書くときは用心のために字引を見ないと間違ってしまいます。難しい字です。こんな字を見ると、なんだかおどろおどろしい病気をイメージしてしまいます。

日本語には「○○にふける」という言葉があって、耽溺の上の方の漢字を当てます。年を取ることを「老ける」といいますが、これも同根です。また「夜も更けて」の「更ける」も同根でしょう。形容詞「深い」も同根だと思います。

だから嗜癖といいたいなら「アルコールに耽る人」くらいの定義でいい。日本の学者は定義には漢字を使わないと学問的でないと思うのでしょうか。やたらと難しい漢字を好みます。「褥瘡」などというより「床ずれ」でいいと思います。しかし同じことをいうなら、ぼくは「アルコールにはまった人」という定義を勧めるでしょう。その方が数等分かりやすい。

でも、ぼくの定義は違います。「理由は様々だが、お酒をやめねばならなくなった人」です。あるいは「やめるところにまで追い込まれた人」です。つまり挑戦に力点を置く定義です。というのは、飲酒は日本人の大半を巻き込む習慣で、その大半は、続けて飲酒していても、かまわない人たちです。しかし、その人たちも、続けていれば、他の病気で、医者に酒を止めるようにいわれるかもしれない。そのときになって、その人たちも、なかなかやめられなくて、やめることの難しさが分かるでしょう。

若い時から、止めるように追い込まれる人もいます。このような人は嗜癖というおどろおどろしい言葉が似合うかもしれませんが、現代社会では過剰生産、過剰消費の傾向が進み、急速なアルコール漬け状態が起きているから、止めねばならぬ様々な病気になる人が増え、断酒に挑戦しなければならない人がたくさんになった。その人たちに「嗜癖」という診断を突きつけると、多くは、自分は違うと反応します。同じ病気という意識を共有できない。ぼくの定義ならそういう現実に対応できます。「分かっちゃいるけどやめられない」の軽いノリでいいのです。

そして、当然、医者の果たすべき役割の定義は、「患者を断酒へ挑戦する気にさせること」になります。この方が有用です。有用ですが、非医学的です。

これまでは、医者が、医学的定義に基づいて、本人のやる気をくじき、自信を失わせるようなことばかりをやってきた。なぜか、病気の定義も、治療の定義も、治癒の定義も、有用性から考えなかったからです。無理に、医学的に、体の病気を範とした病気の定義をつくり、それを正しいものとして、一般の人に押し付けてきた。ぼくはあえて、その現実に異議を唱える形で、非医学的な定義を持ってきたのです。そこまで来たら、もう、医療の枠に閉じこもって考えるわけにはいきません。その必要もありません。

医療の枠の外にあるものとなると社会です。これは社会で取り組まねばならぬ問題なのだ。そう考えるようになります。これまでとは逆に社会の視点から、医療はどのような役割（社会的役割）を果たしていかねばならないか、を考えるようになりました。ぼくは専門的な視点から、社会の視点・非専門的な視点、つまり常識的な視点へと、自分の視点を移していきました。

そして、患者や家族と、専門用語を使わずに話すようになります。

患者たちのとりあえずの断酒を、退院してもできるだけ長く続かせたい。それには何が必要かを考えていくと、入院とか通院投薬とかとは別の何かが必要なことが感じられてきました。

ぼくは、入院が、患者同士を結びつける作用を観察していました。病棟から退院して行った人たちが互いに連絡を取り合い、いつの間にか、同窓会組織を作ってしまいます。そして、ついには本当に同窓会を開くに至ります。

入院患者の同窓会とは、これまでの精神病院では、考えられないことでした。閉鎖病棟が常識の時代には、入院を自分の人生の汚点のように隠したがっていました。それが、久里浜からの退院を、まるで学校を卒業したかのように考えるようになっていた。患者が、自発的にそのような組織を作ったのです。

ぼくは、かれらには、医療よりも、仲間が必要だったのだと強く認識しました。しかし、同窓会以上に、もっと大きな組織に患者は加わるようになります。それが断酒会とかＡＡ（アルコホーリクス・アノニマス）のような患者の組織です。これが、患者の断酒継続の鍵となっていきます。

一一　常識と偏見

ぼくは、その患者たちを、横から支えるために、かれらの断酒の継続に障害になる社会の要素と戦うことが、自分たちの役割の一つだと思い始めます。

それはなにか。世の中の偏見に対する闘いです。最初は偏見だと思ったのです。入院するまでは、あいつは酒さえ飲まなければ、いや、酒をノーマルに飲んでいればいいやつ、いい同僚だといっていた職場の人たちが、ひとたび精神病院に入院して、アルコール中毒（依存）と診断名がつくと、手のひらを反すように復職に反対するようになります。そして本人にもこわごわ接するようになります。精神病という名前に対する偏見からです。

また復職に反対しない場合でも、退院して働き始めると、もうすっかりいいのだろう、少しぐらいはいいだろうと酒を勧め、それを患者が断ると、おれの酒が飲めないのか、とからんで来たりします。こちらは無知といっていいでしょう。

かれらの考えは一般の人たちが抱き持つ考えと同じで、いわば世の中の考え、常識です。ぼくたちはそれが間違っていることを悟らせようとします。啓蒙運動です。しかし、考えを変えさせることは、意外に難しく、ぼくたちはかなり強い抵抗を実感します。ぼくは、自分たちに対するその相手を、「無知と偏見」だと考え、世の中のアルコール依存についての無知ははなはだしく、それに対する偏見は意外と強い、などというようになりました。

こうして、「断酒は、酒から自由になるための患者の挑戦である」という考えを、まわりのものに理解させ、その努力を支えさせようとする努力は、根強い反対を受けますが、ぼくはつむじ曲がりなので、抵抗を受ければ受けるほど、仕事のし甲斐を感じるようになっていきました。

その戦いぶりを、見ましょう。

退院させようとして、まず出会ったのが、患者の家族の抵抗でした。

「うちの人は、もう治ったのですか」

「いいえ、治ってはいません」

「治して、二度と飲まないようにしてください」

「たった三カ月の入院で、もう一生お酒が飲めないようになると思いますか。思っていたら、それは間違っている。いつまで入院していてもそのようには治りません。治っていないけど、一旦退院させるのです」

「じゃあ、退院したら、前のように、直ぐに飲んでしまうのですか」

「前とは違います。しばらくは飲まないでいるでしょう」

「しばらくだけですか」

「ええ、その通りです。入院することで、飲まないでいる訓練をしましたから、しばらくは飲まない。でも、実地は、訓練通りにはいかないものでしょう」

「失敗する。そんなこと言っていないで、完全に治して退院させてください」

「それはできません」

「なぜですか」

「簡単に治すといいますが、三カ月の入院で、この病気を治すことは、難しくて、できません。できたら奇跡です。イエスならできるでしょうが、ぼくはイエスではないからです。奇跡など起こせない。だから、あなたのご主人は、いつかは失敗する。飲み始める。そう考えた方がいい。でも、できるだけ長い間、断酒を継続させ、さらに、失敗したら、できるだけ早く病院に連れてきて、また挑戦させる」

「再入院させる？」

「その場合もあります。そうしないで酒が止まれば、それを継続させることもあります。断酒の期間を伸ばすように挑戦させる。こうすれば失敗しても、最小のダメージですみます」

「なるほど」

「それには、家族の協力が必要です。以前はなかった家族の協力が今回は得られるのですから、前回、閉鎖式の病棟に入院した時よりは、ずっと成績がいいはずです」

こうしてぼくの考えに同意させるのですが、そのすぐあとに、職場復帰の問題が起きます。

退院したあと、職場に戻ろうとすると、完全に治癒したという診断書をもらってこいと、会社の人事課にいわれたと患者が訴えます。そこで会社の人事に「治癒」の定義を尋ねます。すると「治癒したとは、もう金輪際酒を飲まないようになったと保証できる状態のことだ」といいます。会社も、これまで何度も騙されてきたから、これからは騙されない。きちんと治してくれ。そうでなければ復職させないというのです。ぼくが電話するか、ワーカーが出向くかして説明します。家族に説明したような説明をここでも繰り返します。

「あなたの考えるような治癒は、この病気にはない。断酒は挑戦で、そのために酒なしの一日を送る訓練をした。これから、その訓練の成果を試すために退院させる。家に戻ってしばらく断酒が続いたら、今度は復職させて試したいのだ」

「試しだと、ここは利益をあげてなんぼの会社だぞ。試しに働かせるなんて、社員を甘やかしておくことができるようなところではない」

腹を立ててタンカを切りたいところですが、ぼくの短気で患者を完全に失職させるわけにはいきません。ぐっとこらえて、そこをなんとか、と頼み込みます。

納得させるのは決して容易ではありません。相手は頑強です。簡単に説得されません。

ぼくは説得を試みながら、世の中の偏見の大きさを実感しました。しかし、その偏見は、元はといえば、酒を飲まないようにさせるのが治療だと考えてきたこれまでの医学がそうさせているのです。「飲まなくなるのが治癒」だ、と医者が考えていたわけですから。素人が見習って、そう考えるようになっても全く不思議はありません。

一二　アインシュタインの常識の定義

少し長くなってしまいましたが、ま、苦労話をもう少し聞いてください。ぼくはそれまでケンカのホリウチ（これがぼくの本名）といわれるほどケンカ早く、前の病院も院長とのケンカがもとで首をきられ、アルコール専門になったわけですが、毎日を偏見との闘いに過ごすうちに、忍耐強くなってきました。

それも遠い昔なので、今ではぼくが生まれつき忍耐強い人間だったと思い、ホトケのナダなどと呼ぶ人もあるくらいですが、そんなことはどうでもよろしい。ぼくはあちこちでケンカをして、自分は必死で患者のために戦っていると思っていました。

そして、ある日ぼくはアインシュタインの常識の定義に出会います。それは、「常識とは、人間が一八歳までにかき集めたうず高き偏見の山である」というものです。これは見事なジョークでもありましたが、有用性の上でも素晴らしい定義でした。常識と偏見を対立させず、一つにくっつけてしまったのです。偏見は常識の一つである、というのです。この定義を取り入れると相手の説得が実に容易になったのです。相手に言わせるだけ言わせて、

「それは、しばらく前までの常識です。あなたがそう思うのも無理はない。だが、新しい常識はこうなのです」

とこっちの主張を述べると、思いがけないほど楽に納得してもらえたのです。

常識で考えても、「おまえの考えは偏見だ」といわれるより「あなたの考えは古い常識だ。少し前まで私もそう考えていた。だが、それはもう古い」といわれた方が気分はいい。

ぼくは、説得の成功から、偏見は古い常識に過ぎないと確信します。日々の実績に現れるので確信は強められます。

一三　仲間を作る意味

話は、すこし前に戻ります。

ぼくが、「アルコール依存は個人の病気、として扱うそれまでのような医療の在り方では対応できない。社会で対応するしかない。それほど患者の数が多い」と考え始めたころまでです。

アメリカにはＡＡ（アルコホーリクス・アノニマス）という患者の組織があることを知っていましたし、ヨーロッパにも、その影響を受けて、様々な模倣組織が出来ているのを知っていました。北欧にはレンケン（鎖）というＡＡに影響されてできた組織があり、フランスにもカトリック教会系のクロワブルー（青い十字架）という患者組織があることも知っていました。しかし、日本に断酒会という組織があることは知りませんでした。

日本にも、あって欲しいな、と思っていました。ところが、そのあって欲しいと思う組織が、日本に作られたばかりだけれど、あったのです。そして、その組織の方から接触を求めてきたのです。ぼくはこうして、ある日高知の断酒会長であり、会を全国的組織にすることを目論む、松村春繁氏の訪問を受けるのです。まさに渡りに船です。そしてかれらの会に、ためらいなく自分の患者たちを繋げていきます。

この話は、これまでにも何度となく書いてきたので、端折ります。

当時の医療者は、自分が治療の主体だと考えていました。おれが治してやっているのだと。治癒させて断酒を成功させるのだと。

ぼくは、断酒は治療の結果ではなく、患者の挑戦だと考えました。その挑戦の部分は、医療というよりは、患者の自らの養生なのだと。そして、それは挑戦だと。

その挑戦は、一人でやるよりは仲間と一緒の方が、やりやすい。そのことをＡＡが既に証明していました。断酒会は、そのＡＡを模範として、日本風にアレンジして作られた組織です。

かれらには、患者を断酒に挑戦させるためのノウハウが、蓄積されていました。断酒に関しては、かれらの働きかけの方が、ぼくたち医者よりずっと有効だったのです。かれらの知識は、病人としての体験から生まれたものです。医学的専門知識ではない、極めて常識的です。いや、常識そのものだった。

こういうふうに語ると、ぼくがなぜ哲学し始めたか、そうして常識に関心を持ち始めて行ったかが分かるでしょう。

ようやくこの本の目的である、常識哲学を語るところにまでたどり着きました。

このあたりから、アルコール依存についての話から遠ざかります。そちらの話に興味を持たれた方は、いくつも本を出していますから、そちらを読んでください。

一四　常識という言葉

みなさん、常識という言葉を知っていますね。日本語で、ぼくの本を読んだ人あるいは講演を聞いた人は、知っていると思います。知っているばかりでなく、その言葉を自由に使いこなしていると思います。

「お前は常識がないなあ」

と他人を非難したことはありませんか。

「お前は常識的だなあ。もう少し常識の殻を破って考えたらどうだ」

と説教されたことはありませんか。ぼくはあります。よくありました。

「お父さん、古いね。こんなこと、今や常識よ」

と頭の固い親にいい返したことはありませんか。あるでしょう。

ぼくもありました。常識という言葉も知っていましたし、その言葉を使ってきました。現に、ここまで、常識とか常識的だとか、別に特別意識せず、また意識させることもなく使っています。

しかし、アルコール依存の患者を診るようになってから、次第にこの言葉を意識するようになりました。自分の使っている常識という言葉は、いつごろから日本にあるのか、世界にもあるとしたら、いつごろからあるのか、というふうに考えていくようになります。

ところが、常識という言葉を使っていながら、この常識という言葉が、いつ頃日本語の中で生まれ、なぜここまで広まったのか、考えた人は意外と少ないのです。ぼくは例の、おれには分からない、教えてくれ戦術で、他人に聞き始めました。

ところが、出会った人の中で、そのことを考えたという人は少なかった。

ぼくの物書きの先輩、小林秀雄が『常識について』という本を出しています。かれは批評家として神様のような扱いを受けていた人です。ぼくも作家として名前が出始めたころ、かれに似ているといわれて、畏れ多いと思ったことがあります。かれはぼくにとっては怖い人でした。

常識について考え始めたある日、この本『常識について』を手に取りました。この人を頼りに、日本語の「常識」の源を探ろうと思ったのです。ところが、空振りでした。

あとで触れますが、かれは英語のコモン・センス（常識）とフランス語のボン・サンス（良識）とを、ごっちゃにしていました。ぼくは、ごっちゃにするなと、フランス文学者であって哲学者の前田陽一さんに教えられていました。

それを知ってから、小林秀雄が怖くなくなりました。なんだ、おれたちと同じじゃないか。ぼくは、その時から、かれを等身大の、一人のえらい先輩と見ることができるようになりました。それまで、かれはほとんど神様でした。

ぼく自身は、常識というものに違和感を覚えながら青春を送りました。若いとき、物書きになろうとして、同人雑誌の合評会に何度か出席していましたが、その席で、

「お前は常識的なやつだなあ。文学をやろうと思うものは、それではだめだぞ」

と先輩にいわれました。いたく傷つきました。そういう経験があったからです。

そのころの同人誌の仲間は、酒飲んで、喧嘩して、本当に非常識なことをよくやっていました。若者だけではありません。すでに有名作家となった文学の先輩たち、太宰治や坂口安吾など、もう大の大人になった人たちが、夜な夜な酒場で酔っ払って「ギロチンギロチンシュルシュルシュ」なんて無意味な言葉を叫んでいました。

ぼくは酒が飲めないので、仲間が酒場に行くときは、いつも素面で付き合いました。

結局は喧嘩の仲裁やら、飲みつぶれた仲間の介抱になるのですが、仕方なくそれをしました。仲間からすれば、都合のいい新人です。その挙句「お前は常識的なやつ」ですから、「常識」という言葉が、苦手を超えてほとんど憎かったですね。

話が横道にそれました。元に戻ります。

一五 「常識哲学」という哲学

「常識」という言葉が、英語のコモン・センスの訳であることはすぐわかります。なぜなら、「常識」という言葉を日本語の辞書で調べると、英語のコモン・センスの訳と出てくるからです。

しかし、コモン・センスにあたる語が、昔の日本語にすでにあって、それが「常識」だったのか、訳語として作られた新語か説明がありません。なかったから、誰かが「常識」という新語を作って、それに当てたのか。どうやら、そのようです。

では、それなら日本の誰がこの訳語を作ったか。これが分からない。フィロソフィーに西周《あまね》（明治時代初期の啓蒙思想家）が「哲学」という当て字を作ったのは有名です。

中江兆民（明治時代の思想家）は「理学」という言葉を作って当てましたが流行らなかった。「理学」は「哲学」に負けました。

では「常識」はいったい誰が作ったか。

おそらく仏教系の哲学者だろうと思います。「識」という漢字からそう判断するのです。日本の仏教の経典は漢字に訳されたものです。いわばラテン語に訳された聖書のようなものです。

感覚に応じた知を漢字文化圏では「識」という言葉で昔から表していました。八識という言葉が有名です。その識という字をもってきて、常という漢字につけて訳語を作った。常もまた仏教の核心的な言葉です。「無常」の常です。わが小林秀雄は「無常」についても書いています。しかしかれは関係ありません。

ぼくは、井上円了の訳語ではないかと推測します。円了は本願寺系の坊さんでした。そして、当時の本願寺派の坊さんはキリスト教に対抗心を抱いていて、禁酒運動なども起こすのです。

驚くのはその「常識」という言葉が、いったん訳されて日本語になるや、瞬く間に日本国中に広まったことです。学識も何もない一般人が、コモン・センスの訳語を日常的に使うようになったのです。そして、「哲学」などと同時代に日本語になった訳語ですが、「哲学」とは比べ物にならないほど、一般人に使われる頻度の高い日本語となりました。

ぼくは日本人の明治維新後の驚くべき急速な洋式化と、「常識」という言葉の広まりとは無関係ではないと考えています。

「常識」とはコモン・センスの訳というところまで戻ります。この出発点になったコモン・センスという英語ですが、こちらは、それを広めたのが誰か分かっています。常識哲学派の人たちです。別の名前がスコットランド学派、あるいはスコットランド啓蒙哲学派です。

「常識」という言葉も「哲学」という言葉もよく知られていますが、二つをくっつけて、「常識哲学」というと、そんな哲学あるの、と冷たい反応が返ってきます。皆さんも、本当？ と思うでしょう。どうやら、日本では哲学と常識は、結婚するには似合いのカップルとは思われていないらしい。

ですから「ぼくの哲学は常識哲学です」というと、ますます信じがたい、という顔になっていきます。

ぼくは、自分がこの言葉の作者だと主張するつもりはないので、哲学の一派として、

「常識哲学」は存在していたことをここに書いておきます。今ではほとんど忘れられていますが、ちゃんと存在していたのです。日本の広辞苑にも、「常識哲学」の項目はありますから、この学派が、結構知られていた時期もあったのだと思います。「常識」という言葉と同時に、「常識哲学」も紹介されていたのかもしれません。

この学派を代表するのが、トーマス・リードです。この人の名前は、日本ではほとんど知られていません。知られていなくても当然でしょう。いわばコモン・センスという言葉を残しただけの人ですから。生まれたのが一七一〇年。カントの一四年ほど兄さんになります。そして哲学史の表舞台に立つことはなく、消えていった。かれの同時代のイギリスの哲学者としてはデイヴィッド・ヒュームが有名です。ヒュームは一七一一年生まれです。いわば表舞台にはヒュームがいた。ヒュームは懐疑主義者の代表です。その裏にいたのがトーマス・リード。

リードはスコットランドのプロテスタントの牧師さんで、キリスト教の敬虔な信者を、自分の教区に数多く抱えていました。かれの仲間の牧師さんたちは、科学研究の必要性を認めていた一方で、科学を信奉するあまり、神の存在まで疑いかねない、同時代のヒュームのような懐疑主義者の悪影響が心配になっていました。そして自身では科学の進歩を受け入れながらも、その一方で無神論が流行ってしまうのが心配、という中途半端な立場だったのです。

学者はヒュームの懐疑論でいいかもしれないが、かれの教区にいる平凡で道徳的な信者たちが、懐疑主義で信仰を失い道徳的な心棒が抜き去られたらどうするのだ、という現場からの抗議の意味も声もあったのでしょう。

だから、常識哲学はヒュームの反動といってもいいでしょう。

かれらは「ヒュームのように、そんなに疑わなくても、われわれはコモン・センスを持っている。2＋2は4だろ、だれも証明したわけではないが、みなそれを正しいと思う。それがコモン・センス。美しいものを見て美しいと思うのも、善悪を判断できるのもコモン・センス。それで判断すればいい」と主張したというわけです。

疑っても、証明できないものは、神様が人間の頭に植えつけたものとして、ともかく神さまを守ろうとした。牧師さんとしては当然でしょう。そこで、人間には常識があるのだというわけです。カントのように徹底的でなく、どちらかというと中途半端に議論を打ち切りたがる、折衷主義の主張といってもよいものでした。ま、それが、自分自身教会に仕える牧師さんの限界だったといえるかもしれません。

かれのコモン・センス論に同調した学者とみられるものの中に、経済学者として有名になるアダム・スミスがいます。リードの一二歳年下で、リードと同じころグラスゴー大学の教授でした。若いエンジニアのジェームズ・ワットが同じキャンパスに研究所を開こうとしたとき、アダム・スミスが支持し、援助したことは、日本ではあまり知られていません。かれは経済学の父と呼ばれるほど経済学で知られていますが、むしろ倫理学が専門で、道徳感情論で知られていました。道徳のもとは理性になく感情だという主張です。

道徳感情を神が植えつけた、というところはリードと同じですが、ともかく人間は苦しんでいるものを見たら同情しないわけにはいかない。そういう感情がある、あんたも同情するだろう。同情は理屈抜きの感情だというわけです。

リードと同じ思考の型ですね。かれの経済学も、国が富むということは、国民の大部分が貧困に苦しまずにいることで、王様が富んでいることではない、という倫理感情から出発したものでした。

そして、自由主義の先祖のようにいわれるかれですが、経済は自由にしておいても、倫理を逸脱することはないという考えの人でした。

そしてそのあとに出てきたカントは、神が人間の中に置いたのは、常識ではなく理性だと考えるようになります。

哲学の表舞台においてヒュームからカントに哲学の主流が移っていくにつれて、常識哲学派は、表舞台どころか裏の舞台からも消えていきます。しかし、常識のもとになるコモン・センスという言葉は生き残り、結果として、アメリカ合衆国と、人権という言葉つまりは考え方を残すのです。常識がアメリカ独立と関係あり、とは思っていなかったでしょう。

そのことを語るには、どうしても、トーマス・ペインについて語らねばなりません。

一六　トーマス・ペイン

かれの名も、今の日本では、ほとんど知られていません。ぼくは例の「教えてくれ」戦術で、かなりの人に質問してみましたが、知っている人には出会いませんでした。長田弘くらいかな。正確に知っていて、日本で訳本が出ていることまで教えてくれたのは。ただ、アメリカでは、オバマ大統領が、就任演説の中で引用するほどだから、まだ覚えている人もいるのでしょう。

ペインは哲学者とはいえないが、哲学実践者とか、普及者といった方がぴったりの人です。町の素人科学者であり、また有能な雑誌の編集者で、すごいベストセラー作家でもあった。

かれはアメリカの独立革命の直前、ベンジャミン・フランクリンの紹介状をもって、当時のアメリカの最大の都市だったフィラデルフィアにやってきます。そしてある雑誌の編集を頼まれます。かれが編集するようになると、雑誌の発行部数がすぐに倍になった。

そしてかれ自身も、同じところでパンフレットを出版します。すると、これがベストセラー。しかも記録的なベストセラーです。何しろ、アメリカ独立戦争の時代、出版直後の数カ月の間に、一二万部も売ってしまったというのだから、びっくりです。年の末までに、一五万部を売り切ります。当時のアメリカ東部の人口は二五〇万くらいですから、大変なベストセラーだったことが分かります。しかも印刷技術があまり高くなかった時代ですから驚きです。そして、このパンフレットの題が「コモン・センス（常識）」だったのです。

その中でかれは「〝アメリカの独立〟これ常識」というのです。この本の影響で、アメリカの独立は確実に早まりました。かれは、この本の中で、何をぐずぐずしているのか、早く独立宣言を書きなさい。それをしないと、他の国は、アメリカを援助しようにも援助できない。和平を仲介しようにも、仲介できない。そう戦術を教えるのです。

一八世紀にはユニークな人物がたくさん出ましたが、この人の経歴を見ると、その中でも目立つ存在です。コルセット職人の家に生まれ、本来なら家業を継いで職人というのが当時の決まったコースですが、かれはそのコースから何としても外れたくて、海賊船が乗組員を募集していると聞き、募集に応じる。一八歳の時です（海賊船といっても、当時のヨーロッパでは大っぴらに、認められていました）。だが、一回は親に連れ戻されます。そして説教されます。

「そんなことを若い時からしていては気持ちが荒むぞ」

まっとうな親です。

しかし、そんな説教は効果なく、また逃げ出して、ついに海賊船に乗って働く。

海賊といっても、王様から勅許をもらっている海賊です。一八世紀には海賊が、国に雇われるケースも多くなってきていました。私掠船という名前で呼ばれていました。王様は海賊の上前をはねていた。なんという破廉恥。これが一九世紀中ごろまで続き、ようやくパリ条約で禁止されます。海賊が、次第に正規の海軍に編入されていく時代でした。それがすっかり完了したので、各国は条約締結に応じたのです。だから、こういう事情があって、イギリス海軍の刑罰の中には海賊のリンチに似た、特殊な罰が長く残ることになります。

海賊をバカにしてはいけません。

船を操縦するには技術が必要です。船を操縦するにはその原理を知らねばならない。海賊するには、ほかの船より速い船が必要です。早い船を作る造船技術も必要というわけです。

また、世界を股にかけて航海するには、世界の地理、あるいは博物学の知識が必要です。見慣れない土地に流れついて生き延びるためには、そこに生えている植物のうち、何が食べられるか、何が毒か、知らねばなりません。しぜんと海賊は、当時の進んだ科学と博物学を吸収していきます。その逆かもしれません。博物学は海賊の協力で発展した学問ともいえます。ですから、海賊船の船長は、当時の先端的知識と技術を身に着けた教授であり、海賊船は、いわば浮かぶ大学でもありました。

好奇心旺盛な若者にとっては、海賊船で航海する経験は、科学の知識と技術を学ぶ学校に留学するようなものでした。かれはそこで多くのことを学びます。科学に対する興味も、この航海のお土産というべきでしょう。

かれは海賊船での航海を終えると、また、コルセット職人に戻り、結婚しますが、すでに科学研究のアマチュアになっていました。そして、科学同好者としてベンジャミン・フランクリンの知遇を得ます。

そしてフランクリンの紹介状を持って、独立戦争の開戦間際の、アメリカはフィラデルフィアに赴くのです。そこで雑誌の編集を任されます。これはすでに書いたところですが、一七七四年のこと。次の年に、アメリカとイギリスとのあいだに独立革命というか、独立戦争というか、ともかく戦争が起きます。

ペンシルバニアのフィラデルフィアは、当時アメリカ随一の大きい都市でした。そこでかれは任された雑誌売り上げを短期間に倍増させます。コルセット職人より、この方が、性にあっていたことが分かります。その雑誌に、自分も書いていましたが、一七七六年、自分自身の小さなパンフレットを同じ出版社から出版します。それが『コモン・センス』という題でした。

ということはすでに書きました。

一七　常識革命家

ペインは、ことの成り行きだが、アメリカの独立を大いに助けたことになります。こうして植民地中に知られることになったペインは、独立戦争では、ワシントンの参謀の一人として働くことになります。参謀というか副官というか、広報担当というか、そういう役割を与えられます。まさに波乱万丈ですね。でも、当時の人の中には、こうした波乱万丈の人生を送った人が多かった。時代がそういう面白さを持っていたともいえます。

一七七九年には、まだ独立戦争は完全には終わっていないが、ペンシルバニア州議会で、奴隷制度廃止決議案を可決します。その前文を書いたのがかれです。リンカーンのずっと前です。これは当時の常識だったとはいえないけれど、しかし、半世紀後にはこれが常識となります。方向は間違っていなかった。かれは少し、常識の前を行っていたのかもしれません。

でも、常識の方が、間もなくかれの考えに追いつく。こうして一七八三年パリ条約でアメリカの独立が、正式に、世界に認められます。

ペインの話ばかりしましたが、常識派の倫理学の先生だったアダム・スミスも、アメリカの独立を支持したことで知られています。イギリス本土に在って、公然とアメリカの独立を支持したのです。本当に自由な人でした。かれが自由主義経済というのもよく理解できます。かれは、自由主義の立場から、アメリカは独立すべきだと考える。それを抑圧する宗主国は悪だと見たのです。

イギリスがアメリカと戦っていたというのに、イギリス国民がアメリカを支持する。当時の空気の自由さが分かります。

もう少しペインのことを話します。

アメリカの独立の後、フランスで革命が起こります。ペインは直ちにヨーロッパに戻る。フランスの革命を弁護するためです。かれは、イギリスの世論がフランス革命批判に傾きかけた時、フランス革命を擁護するために『人間の権利（ライツ・オブ・マン）』を革命批判の反論として出版します。するとこれが、またまた全体で二〇〇万部を超す大ヒットになる。当時の出版技術を考えてください。まったく驚くべきことです。大したベストセラー作家です。ラジオもテレビもなかった時代です。面白おかしい小説でもない。自由は人間の権利だという主張の本なのに、それだけ売れちゃった。

この出版が、どれくらい影響があったか、想像してください。常識が世の中を動かす原動力になったことが分かります。

しかしそれはイギリス王政の危機も意味しました。ペインは危険人物です。そこでイギリス政府が反応します。逮捕状が出されて、かれは捕まりそうになる。そこでフランスに亡命する。

フランスからは、名誉市民として迎えられる。大ベストセラーを書いて、フランス革命を弁護したペインを迎え入れなかったら、恩知らずもいいところでしょう。フランスはいちおう礼儀を知っていた。

そして、かれは人権宣言草稿の執筆者に加わります。コンドルセなどと一緒に知恵を出し合っていたのでしょう。

そこまではいいのですが、ルイ一六世たちを処刑するか否かをめぐって、革命勢力の中で議論が起きると、かれは処刑反対の立場をとる。そしてロベスピエールと対立して、牢獄に入れられてしまう。

かれの人生には、本当に、よく事件が起きます。あわや処刑というとき、駐仏アメリカ公使らの尽力で救出され、またフランス議会に迎えられますが、流石に疲れたのでしょう。アメリカに戻ります。

かれは最後には、神と理性を切り離して考える理神論に傾きます。コモン・センスから理性に逆戻りです。しかし、当時のアメリカの空気は、神は認めるが、理性は人間のもの、という理神論さえ認めない方向に戻っていました。かれの立場さえ認めないほど、教会の力が、盛り返していたのです。奴隷解放も逆戻りです。こうした、独立当初とはすっかり変わり果てたアメリカ社会が、かれを迎えたのです。

かれが理神論を捨てようとしないので、友人たちは彼を離れていきます。

平等には前向きでなくなり、依然として肌の色での差別がまかり通っているアメリカ。かれは友人たちを失い、第二の祖国と思うアメリカで、浦島太郎のように、孤独に死にます。

一八　コモン・センスが東洋で「常識」になる

フランス革命では、常識派のペインが敗れ、コモン・センスという言葉よりも理性という言葉が力を持ち、ついには理性を神格化して、理性の神殿を作ろうなどという動きになります。カトリック教会の民衆への影響力をなくすことを考えた政治的な動きです。こうして、理性という言葉が欧米に復活しかけてしばらくしてから、つまりコモン・センスの流行が下火になってから、コモン・センスという言葉が日本に入ってきて「常識」になるのです。

つまり、「常識が流行遅れの哲学」になってきた時に、日本に入ってきた。そして、ここ日本で栄える。運命は面白い。運命なんて言葉を使っちゃいけませんね。歴史は面白い、といい直しましょう。

さて常識が、コモン・センスの訳として日本語の中に入ってきた。この訳語の作者を、井上円了あたりかな、とみていることはすでに話しました。井上円了は迷信打破のために、『妖怪学』という本を出して有名になり、後に東洋大学の創立者として知られることになります。

かれは本願寺系のお坊さんでもある。妖怪学を通じての迷信打破の活動の中に、啓蒙とは仕事と常識哲学の臨床だと感じます。英国の常識哲学の人たちは、スコットランド啓蒙学派と呼ばれました。井上円了は日本啓蒙学派の一人といってもいいでしょう。ぼくもこの啓蒙学派の流れということになりますか。

だれが訳語を作ったか。最終的には、そんなことは重要なことではありません。ともかくこの訳語がピッタシだったので、あっという間に、日本国中に広まってしまった。そして。日常会話の中でも、頻繁に用いられる言葉になった。これが重要なことです。

「哲学がない」といわれても怒らないが、「常識がない」といわれると、ほとんどの日本人は怒ります。それほど常識という言葉は日本語になった。もう外国語臭さは完全に抜けて、完全に日本語になりきっています。

でも常識のもとの言葉はコモン・センスである。このことは忘れてはいけません。この訳語はもともとの言葉の中にあるセンスの意味よりも、知識の方に傾いておりました。ですから、言語に忠実でなければならぬという人は、常識は誤訳であり、コモン・センス学派を常識学派と呼ぶことに難色を示します。

細かくいえばその通りですが、ぼくは細かいことはいいません。結局は知識の集積が、判断力を生む力を持つと考えるので、共通判断の意味も含むことになるため間違いとはいえないと思えるのです。

ともかく、もとはコモン・センスです。それが常識という訳語をもらってから、日本で独特の進化をしたと解釈します。そして、この進化を逆戻りさせる必要はありません。何も本家に戻ればいいというわけではありません。この日本で進化した常識哲学を、欧米に逆輸出すればいいと思います。日本の近代化を支え、日本の急速度な民主化に貢献した哲学として。

少し、結論を急ぎすぎました。後戻りしましょう。

英語のコモン・センスという言葉は、フランス語にも訳されました。訳すのは難しくありません。センスという言葉もありますし、コモンという言葉もあります。発音の仕方は違い、センスはフランス語でサンスになりコモンはフランス語でコマンと発音され、フランス語の形容詞は原則名詞の後ろにつけられますから、コモン・センスはサンス・コマンになります。あえて、カタカナで書くのは、日本ではカナ書き外国語に属する語彙だからです。

さて、フランスですが、サンス・コマン（常識）は日本のように流行りませんでした（小林秀雄は、これをカタカナでサン・コマンと書いています。間違いです。小林秀雄はますます怖くない）。理由は簡単です。古くからあった良識、デカルトが使った良識（ボン・サンス）があったからです。常識が誰でもが持つような識（サンス）なら、良識は優れた人が持つ識（サンス）です。常識は持つべきものですが、良識は尊敬に値するものです。フランス人は、横に並べて考えたのでしょう。そして「良」の方を取った。

ドイツでも流行りませんでした。ちなみにドイツ語で常識に当たる言葉、コモン・

センスの訳を探すと、ゲズンダー・メンシェン・フェアシュタント（健康な人間の理解力「悟性」あるいは知性）という説明が出てきます。これでいいかはわかりませんが、コモン・センスには、健康なんてイメージは全く含まれていません。

ドイツ人は健康にこだわり、フランス人は善悪にこだわったのでしょうか。ともかく良識と常識は混同されてはならぬものです。良識はデカルトの時代からある考えだし、コモン・センスは、一八世紀になって生まれた考えです。だが混同されます。

ぼくはフランス語の達人だった前田陽一先生に、二つは別物だと、厳しく叩き込まれました。フランス語の「ボン・サンス」は、日本語の訳は良識ですが、「賢い判断」くらいでいいでしょうか。

このように見ると、日本の現代の常識が、世界でかなりユニークな考えであることが分かります。どうですか。これまで考えてもみなかったのではありませんか。

漢字は古代中国から日本に入ってきました。しかし明治からは、漢字を通して、様々な考え方が中国や韓国にしぜんに還流していきます。自由民権の思想は、中江兆民のルソーの翻訳を通して、中国に伝わったのです。兆民は漢文に訳したのです。

常識は漢字を通して極東で共有される考え方です。現代では漢字の簡約化のためにそうはいえなくなりましたが、明治の初め頃はそうでした。

そしてこの常識のおかげで、日本の近代化は、恐るべき速さで進んだのです。西欧の文化を急速に取り入れることができたからです。極東三国の急速な近代化には、常識が大きな役割を果たした、とぼくは見るのです。

戦後の占領下での、変わり身の早さ、民主主義の受け入れのスピード、アメリカには、日本が民主主義の優等生になるその基礎に、こういう精神の秘密兵器があったことが分からなかったようです。そして、日本でできたのだから、西欧的民主主義は、世界のどこにでも持ち込めると考えてしまった。武力で簡単にイラクやアフガニスタンに民主主義を定着させることができると錯覚し、戦争を始めてしまった、日本は罪作りなことをしてしまった。ともかく、この早とちりが、現在のアメリカの悲劇につながります。横道にそれかけました。元に戻ります。

一九　常識の作られ方

さて、常識と、良識や理性とを比較しながら話を進めますが、両者の違いはどこにあるのでしょう。

良識も理性も、どうやら神様が人間の中に仕組まれたものと考えられた。デカルトは、神が人間たちに広く与えたものである良識を使って判断する限りにおいて、と方法序説の中で書きます。神様はいい加減なものを与えるはずはありません。だから良識も立派なものだし、理性も個々の人間に遣わされたものに相応しく、立派なものなのです。しかし、神がくれたものを使ってそこからは人間だけで考えていこう。「われ考えるゆえにわれあり」を出発点にして考えていこう。それがかれの自由の主張でした。教会に考えを邪魔されないように、哲学を人間の学問にしようとしたのです。

それに対して、常識は、神様とは関係なく、自分で努力して掻き集めた、いわば雑学がもとになって作られた判断力です。ただ、この雑学、みなと共同して作り上げたものです。小さい共同体に共通している知識。誤りもある、独りよがりもある。だから、より広い社会に出会ったら、そこで共通点を求めて変えていく。そのようなものであるらしい。

しかし、そう考えられるのは、一九世紀になってからです。

「常識とは、人間が一八歳までにかき集めたうず高き偏見の山である」

アインシュタインのコモン・センスの定義から、ぼくが描きだした常識のイメージです。ジョン・ロックの、「人間、うまれた時の精神は白紙であり、経験に依らない知はなにも存在しない」という考え方を踏襲した考えともいえるでしょう。

　これならば、持っている宗教も家柄も親の職業も関係なく、人間としての共通点を探せばいいわけで、同じ宗教を持つとか、同じ神を信じるとかで、共通点を失うこともありません。精神分析で親に同一化する努力といわれていたものが、「常識を作る意志」であると考えればいいし、エディプスコンプレックスにより男女のコントラストを強調するより、まずともかく男の子も女の子も、母親に依存し、言語を母から習い、常識を受け継ぐと考えればいいのです。そして母親から乳離れするや、自由の方向に向かいます。違いを意識するようになる。

　常識は、人間がみな違っているのは当たり前として受け止め、それでもこれだけは共通ではないかと、共通点を探す軸に沿って形作られるのです。コモン・センスはそのように子供の中で育っていく。

　このコモン・センスという考えは、産業革命が起こり、古い農村的社会が壊れ、人々が都会に流れ込んで、新しい社会を作って行かねばならぬ時代に、ふさわしい考え方だった、ということが、あとから見れば分かります。そこでは最低「他人がしてもらいたくないことはするな」という道徳原則（モラル）が、コモン・センスとして求められます。

このあたらしい常識のもとでは、キリスト教徒もイスラム教徒も無神論者も一致することができる。とりあえずこれだけ一致していれば、宗教が違っていても、習慣が違っていても、出身の地域が違っていても、肌の色が違っていても、隣人として平和に今日を生きることができる、というわけです。

情報という言葉が重要視されるようになった時代では、生まれた時から雨のように降り注ぐ言語情報が、赤ん坊の脳の中に蓄積され、構造化される。それが常識だという説明が、理解されやすいでしょう。子供に接する時間が絶対的に多い母親が、最大の情報源であることは当然です。

とすれば、生まれてから次第に作られていく言語（母語）と常識は強い関係があることになります。

一つの母語を持ってしまった後からでは、なかなかバイリンガルになれないように、常識もそうで、一つの常識を身に着けると他の常識を受け付けなくなる。そこから排他性があることも理解できます。その常識の排他性を、常識が形成されたあとから克服するためには、常識とは何かを考える哲学、常識哲学が必要というのがぼくの考えです。おや、少し先に進みすぎました。

二〇　自由と常識の関係

封建社会は階級社会で、親の階級からなかなか抜け出せない仕組みになっている。それを、人間がたくさんの引き出しに整理された状態、とたとえたのは福沢諭吉でした。だから箪笥をいくら揺すっても、人間はまじりあわない。大名は大名、足軽は足軽。いつまでたってもそのまま。それが若い者の閉塞感を作っていました。今のようにスポーツで稼ぐという手段はありませんでした。ただ、勉強して、知識を売り物にして、社会の構造外の階段を駆け上るという方法はありました。これは古くからあって、試験制度で出世する、頭の良さで勝負するという手段が、例外的に与えられていました。

＊原稿はここで中断されました。残念です。

常識で考えよう

「常識という言葉を使う時には、自分の仲間だけの常識か、もっと広い常識か、世界に広げられる常識か、を考えるようにする。これがぼくの原則だ」。「常識」で現実の社会を見ると、いろいろなことが分かってきます。インターネットのホームページ「なだいなだのサロン」の〈打てば響く〉からの抜粋です。

一　感想というより決意

老人党は著者が立ち上げたｗｅｂ上の架空政党。民主党の野田政権下、九月に自民党総裁選が行われ安倍総裁となる。沖縄問題は、米軍の普天間飛行場の移設に、政府は名護市辺野古の海を埋め立てる方針。しかし沖縄住民の反対は強く、沖縄県は「県外移設」を主張。

ぼくは現在「常識哲学」についての本を執筆中だ。スコットランドで起きた「コモン・センス」を社会の基本にしようと考える哲学だ。

ぼくは、老人党は常識の党であらねばならぬと考える。しかし、同時に常識は進化することも忘れてはならない。「今の非常識」がやがて「未来の常識」となることもある。未来を先取りする非常識は大いにあっていい。それが話題を提供して議論が繰り返されることが、老人党の掲示板のあり方だ。自民党の総裁に安倍がいいか、石破がいいか、石原がいいか、などという議論は三文の価値もない。だれの演説を聞いても最低で、日本の政治家の思想的な貧困さを競っているだけではなかったか。それにのせられていては、日本のマスコミの宣伝にのせられて不毛な議論をしているだけのことになる。

日本の防衛大臣が、アメリカの使いばしりになっているのは一目瞭然だ。日本から大臣の給料を出すのは無駄。初めから説得などできないのに、沖縄に説得に赴くのは、旅費の無駄。公費を使う価値がない。これ常識。戦後大臣を「公僕」と呼ぶことが流行った。今は「アメ僕」。アメリカの強引な政策に、無理に協力するために税金を使って右往左往しているだけ。

これが国民の常識。しかし日本のテレビは、その常識をインタビューで声として出させない。

（二〇一二年一〇月二日）

二　尖閣問題とは？

野田首相の「近いうち」の衆議院解散について、安倍自民党総裁は「『近いうち』の概念には常識がある。認識を示していただくことが大切だ。基本的には年内というのが常識だ」と述べ、年内の解散を重ねて要求。尖閣問題は、地債権者が売り出した尖閣列島を石原都知事は都が買い上げると発言、国民から寄付を集めた。中国は大反発。日本政府は尖閣列島を二〇億五千万円で国有化。

安倍自民党総裁が、民主党野田総裁と、公明党山口代表の三党首会談を受け入れるかどうかの意見を聞かれ、三党合意での近いうちに衆議院を解散するという意味は、「常識」では年内を指す、という談話を発表した。

ちょうどいいタイミングでの「常識」発言だ。安倍総裁にジャーナリストが「常識」ってなんですか。と質問してくれたら、なお良かったが、ほとんどのジャーナリストが「常識とはなんだろう」と考えたこともなかったらしく、当然そのような質問は出なかった。

「常識」が、明治の初期、英語のコモン・センスの訳語として作られたことは、たいていの辞書に書かれている。しかし、この訳語の漢字のイメージが非常に強かったので、コモン・センスの訳語は独り歩きして、日本では独特の意味を持つようになった。

というのはぼくの考えだ。

常識という言葉を使う時には、自分の仲間だけの常識か、もっと広い常識か、世界に広げられる常識か、を考えるようにする。これがぼくの原則だ。医者の常識、世間では非常識という場合がしばしばあった。政治家の常識は、国民にとっての非常識であることもしばしばだった。

そういうことを踏まえたうえで、常識で考えよう。

尖閣問題とはなんだったのだろう。日本は、尖閣諸島を実効支配していた。中国も台湾も、自国の領土だという主張をしてきたが、だからといって、日本の実効支配を実力で覆そうとはしなかった。鄧小平は、《尖閣問題は棚上げだ》と指示していた。問題を片付けようとして失うものを考えれば、棚上げの方がずっと利益があるという、計算のできる現実主義の政治家だった。かれクラスの政治家が、中国にいなくなったのは残念だ。

野田が、鄧小平の言葉を知っていたかどうか。知らなかったのだろう。馬鹿な政治家を首相に仰ぐ不幸をしみじみと感じる。二〇何億で、国有化したために、中国に進出していた企業は、軒並み大打撃を受けた。中国も受けている。日本の地方の観光業も、軒並み大打撃を受けている。これは日本のジャーナリズムがあまり報じない。ANAが中国人予約四万席のキャンセルを受けたという報道があっただけ。北海道のホテルなど、中国からの団体客で、なんとか不況をしのいできた。この事件でキャンセルが続けば、持ちこたえられないところも出てくるだろう。じわりと効いてくるボディブローだ。

その損失は、税収にも響く。そこで消費税値上げなどをやったら、息の根を止められる中小企業も多いだろう。国民の生活が第一の小沢が首相だったら、やっぱり石原都知事に振り回されて同じバカをやっただろうか。石原に買わせればよかった。そして、職権乱用で訴えればよかった。都が尖閣を所有することを都民に判断させればよかったのだ。かれがお騒がせマンであることは、中国にも知れ渡っている。それに困ったふりをしていればよかったのだ。

韓国語を習い、中国語を習い、観光客を呼び込んできた、日本の地方の観光業者の常識で考えれば、今回の事件はそのように総括されるのではなかろうか。

（一〇月一〇日）

三　『戦後史の正体』を読みましたか？

ちょっとこれまでと調子を変えます。

短い読書の感想です。

みなさん、今、ベストセラーになっている『戦後史の正体』（創元社）孫崎享著を読まれましたか。是非読むことをお勧めします。

ぼくも薄々そうであろうと感じていたことが、実例の引用付きで、裏打ちされています。やっぱりそうだったのか、と納得することばかりです。

読むと、日本人の、戦後に関する常識が、完全に覆されます。痛快といいたくなるほどです。

かれを次の東京都知事選に立候補させようという動きがあるようですが、本当だったら面白いですね。ぼくは二〇年ほど前に鎌倉に移住し、東京都民ではなくなってしまったので、投票できないのが残念ですが、かれが都知事になれば、石原慎太郎や、橋下大阪市長とは比べ物にならない、存在感のある首長になるでしょう。ぼくは、ベストセラーは眉につばをつけて読む方ですが、この本の論理性には、帽子を脱ぎます。しかもこの本を書いたのが、かつての外務省国際情報局長で、防衛大学校の教授という肩書きを持った人だとは！

こんな肩書きを持った人の本を、ぼくが進んで読むことはなかったでしょう。ベストセラーになって、本屋で平積みにされて、ぼくの目にとまったから、立ち読みした。それがきっかけで読むことになりました。するとあまりに面白くて、やめられなくなってしまったのです。

これまでだったら、ぼくは元外務省官僚とか防衛大学校の教授という肩書きを見たら、手に取る前に、敬遠してしまったでしょう。ぼくのこうした肩書きを持った人たちへの偏見が大きかったことを、証明されたようで、ちょっと反省しています。

（一一月三日）

四　マニフェストか、過去に対する責任か

一一月一六日　野田内閣・衆議院解散。一二月四日選挙公示。民主党政権下の経済停滞等で、自民党に票の流れる動き。二〇一一年三月の東日本大震災で福島第一原子力発電所の炉心融解等の大事故が起きた後、活断層の上に建てられている原発が問題になった。二〇一四年三月現在、日本の全ての原発は停止している。

選挙となると、マスコミは、各党のマニフェストに目を向けさせようとする。マスコミも協力する。これでは選挙民が、マニフェストなどを比べて選択しているような錯覚に陥っても無理はない。

騙されてはいけない。選挙は、これまでの政治の責任を問うものだ。これまでの中には、今の政府ばかりでなく、これまでの政府も含む。

子供の精神発達の程度を調べるときに、何かモノを見せると、今持っているモノを放り出して新しいものに向かうかどうかを見る。新しいものを出されても、すぐに飛びつかなくなれば、かなり成長した証拠になる。つまり、赤ん坊の時代は「今」に支配されるが、成長するにつれ、原因結果を、少しさかのぼって考えられるようになるということだ。

選挙に当てはめれば、目の前に出てきたものに、機械的に飛びつくのではなく、時間の幅をとって、原因と結果を考えて投票しないと、今まで左、今度は右の、簡単な選択になってしまう。政治は逆風に間切って帆を操りながら前に進むヨットのようでなければならない。右に振れるにしても、前進がなければならない。

日本再生を訴える政党は、こういう視点で見れば、その前の与党であり、今の日本の破産状態に、責任がある政党だ。壊れた日本を直すというなら、日本がどう壊れ、それに政党がどう関わり、今、どのような状態にあるか、見てから考えることだ。それに対し、どのような責任があるかをはっきりさせるのが選挙だ。日本がまるで民主党の四年間で壊れたというのは、間違いだ。日本が前の長い支配政党に壊されたから、民主党が出てきた。しかし、この党が半分、前の支配政党のような部分を持っていたから、何も変えられないどころか、旧支配政党のやりたくてできなかった増税に手を貸してしまったのだ。

その民主党をただし、さらに前へと前進させるビジョンを有権者は持つべきだ。一旦多党化してもいいだろう。

老人党を立ち上げたとき、ぼくは、「落とすことを考えよう、われわれにできることは、だれを選ぶかではなく、だれを落とすかだ」と、選挙に対する考えを変えるように提案した。

自民党の政治を終わらせるために、たまたま民主党に票を入れるよう勧めたのであった。民主党のマニフェストに賛成したからではない。

これからの世界の展望を示さず、自分たちの世界政治の中での位置を示さず、目先の個々の問題を書き連ねただけのマニフェストだなんて、読む価値がない。読むなら、その幼稚さを批判するためであって、期待などするためではない。

これまで、政治家が過去に何をなしてきたかを考えず、公約なる口約束、つまり口約ばかりに目がいってしまっていた。だから、政治が変わらなかったのだ。

大震災とそれに続く原発災害で、今や、政治家たちが、過去に何をしたかが見えてきた。最近起こった、中央高速道トンネルの天井落下の災害もそうだ。あえて、事故などと呼ばず災害と呼んでおこう。

だが、政治家は、今もって、自分からその責任を語ることをせず、もっぱら口約ばかり述べ立てる選挙をし続ける。ぼくたちの一票は、そういう政治家を落とすために使うべきだ。

敦賀の原発は、活断層の真上に建てられていた。だれの責任だ。計画を立てたのは、どこの党か。建てられたのは、どの政党が政権の座にあった時か。安全を保証した学者はどこの大学の誰か。

池田内閣の頃から計画され、佐藤内閣の時にゴーサインが出されたのではなかったか。

建設したのはどこの大企業か。そこと結びつきの強かった政治家は誰か。調べれば分かるだろう。おそらくその政治家は死んでいるか、引退しているかだろう。だが、その二世は立候補しているだろう。二世という地位を利用して立候補するなら、親の責任も受け継ぐべきだろう。落とすべし。

（一二月一三日）

五　「強い国」より「賢い国」

二〇一三年一月二八日、第二次安倍内閣が発足して初の通常国会が開かれ、安倍首相は自民党所属国会議員に向けて「日本を再び強い国にしていく」と挨拶した。

「ちくま」連載のコラム、「人間、とりあえず主義」の次号の題は、《「賢い国」というスローガン》です。これは日教組新聞のコラムに、選挙に間に合うように、「賢い国」というスローガンを提案したが、買い手がつかなかったことを残念がる文章です。無料で売りに出しているのだから、買えばいいのに、とぼやいています。

ともかく、社会党も共産党も生活の党も、「賢い国」を取り上げないので、わが老人党だけでも《日本を「強い国」ではなく「賢い国」に》をスローガンに掲げようと思います。「強い国」をスローガンに掲げる党は、すぐに福祉を削り、軍備費をふやすだろう、といっていたら、その通りになりました。

そして、なんとしても成長路線に戻すことを考えているようです。一家の家計をやりくりしている一般家庭は、まず何としても収入を増やそうとしますかね。とにかく収入を増やすために、借金して競馬で稼いで来い、なんて亭主をけしかけますか。賢い主婦は、収入は変わらない世の中だから、何とか、賢いお金の使い方をしようと考える。そこが腕の見せ所です。

政治家の常識がいかに、生活者の常識とかけ離れていることか。

賢い国は、自分たちの住む地球環境を破壊してまで、成長を望みません。原子力発電は安いエネルギーだなどという嘘にだまされない。反対が多くて、最終処分場も決められないので、その分の経費は抜きにして計算して、安い安いといっているのです。安いエネルギーなんていう財界人がいたら、賢い人たちは、そう反論しましょう。

環境破壊の代償は、原子力の電力料金には含まれていない。賢い国は、発電量をただ増やすことを考えず、省エネルギーを考えます。省エネルギーの産業を育てます。環境保全には、省エネルギーが賢いやり方です。

武器を生産するために、エネルギーを使ってしまうのは、北極や南極の氷を解かすスピードを速めているようなもの。氷が解けて海水面が二メートル上昇することは、全世界の海岸に二メートルの津波が押し寄せることです。日本の太平洋岸だけの津波と違うのです。そしてこの津波、押し寄せたままで、引いてはいかない。

世界の二メートル以下の土地に、どれだけの畑や田んぼがあるでしょう。食糧生産はその分減ります。

こういう風に、何が人間にとって賢い選択なのか、考えるのが賢い国です。

日本のことだけを利己主義的に考えるのではなく、他人を思いやることが、結局、日本を救うことになります。

ぼくは「賢い国」なら民主党のようにバラマキ福祉はしないと思います。あれは賢くない。お金はばらまくものでなく、賢く使うものです。

何でもいいから名目上だけでも、ともかく成長することを目指したとき、バブルが起きました。その過去の経験を忘れてはいけません。あの時代、需要がないのに供給を増やした。それでも数字の上では成長だった。強い国を目指す人たちは、金融緩和だけで数字上成長させようとしています。賢い国を目指す人は、生活の質を向上させようとします。

「強い国」というスローガンに対抗できるスローガンは「賢い国」しかないですよ。

（二〇一三年二月三日）

六　感想と報告

以前に自分は「前立腺がん」だと報告しました。この時の告知で、自分の人生の終楽章が始まったようだという感想も書きました。二年くらい前になります。

それから現在までたゆまず治療中でしたが、ＰＳＡ（前立腺特異抗原）指標は落ち続けたままです。このままで済むのだろうかと思いかけた最近になって、違った展開が見られるようになりました。

最近、上腹部（胃のあるところあたり）にしつこい痛みを覚えるようになり、近くの病院を紹介され、胃カメラ、ＣＴなどをすることになりました。

ぼく自身が医者の端くれですから、検査の前、膵臓あたりの痛みではなかろうか。もしかしたら、利尿降圧剤の副作用による、慢性膵臓炎ではないかと自己診断していました。検査の結果は、内科医に、膵臓はあたっていますが、膵臓炎ではなくがんです。しかもかなり広がっています。もう、手術はできません、と告知されました。がんの告知は二度目。

二度目になると告知慣れです。はいそうですか。人生終楽章のなかばの展開部のエピソードですな、と受け止めることにしました。

進行を食い止め、痛みを抑えるための、放射線療法、抗がん剤療法が始まります。抗がん剤は飲み始めましたが、ボディブローのようにじわり効いてくる感じです。

がんの方にも効いてくれればいいのですが。

ということを、皆さんにも報告します。老人党提案者として、報告の義務があるだろうと思うからです。

個人的には、今は、中途半端になっている本の企画を、どんどん実現していこう、時間との勝負だな、と積極的な気持ちになりました。

中江兆民が「一年有半」を書き始めた気分です。兆民は日本で最初にがんの告知を医者に迫った人です。

「本当のことを言ってください。こっちの都合もあります。このあと最大でどのくらい生きられますか」

その返事が「長くて一年半」でした。

最近、『アルコール依存症は治らない《治らない》の意味』という本を中央法規という出版社からだしました。題名が題名なので、奇妙な一致ですが、偶然の皮肉です。本が発売される頃になって、告知があったのです。

そちらはいいのですが、問題は老人党です。

これからのことですが、まだぼく自身はどうするか、どうできるか、考えていません。皮肉なもので、先を見越すことのできる老人党のような掲示板は、現代の政治状況を見ていると、ますます期待されるものになっているように思えます。

しかし、この掲示板へのぼくの寄与は、これから、どうしても減少せざるを得ません。このさきのこと、皆さんにもよく考えていただきたいと思います。ともかく一つの区切りの時期に来ているとは思います。

（三月八日）

七　基地がなくならない限り、沖縄の戦後は終わらない

二〇一三年三月二二日、政府は米軍普天間飛行場の名護市辺野古沖への移設に向けて、埋め立て承認の申請書類を名護市に提出した。

前回の感想を見て、驚かれた方もおられると思うけれど、その後、とくに自覚症状は現れず、毎日車に乗って病院まで行き、順番を待って、放射線の照射を受けて、与えられた薬（抗がん剤）をきちんとのむという、生活を繰り返しています。

さて、政府は辺野古沖の埋め立ての許可を申請しました。突然の申請です。この問

題に対するぼくの態度にぶれはありません。ぼくは沖縄には基地は不要と考えています。不要であるばかりではなく、戦後六〇年以上も経つのに、まだ占領状態が続いているような状況は不当です。いつまでも沖縄県民に、この状態を押し付けているのは、ぼくの良心が許しません。

沖縄と国が対立したら、ぼくは沖縄の側に立ちます。

政府は基地をなくすことを考えていません。基地による沖縄の苦痛を軽減するというが、基地をなくすという発想は、まったく持っていないのです。

そもそもアメリカは、戦術を変え、海兵隊を紛争地域に派遣することを、やめようとしています。その代わりに登場してきた、無人偵察機（ドローン）による作戦を重要視しているようです。このドローンも問題ありですが、今はそれには触れません。

沖縄の米軍基地は、日本の安全保障上必要だ、と政府は繰り返し述べますが、日本の安全保障に役立ったと思われる事件は、これまでに一度もありません。ただ、アメリカの戦争に役立っただけです。

アメリカは戦後、朝鮮戦争をはじめ、ベトナム戦争、イラク戦争、アフガン戦争と、戦ってきましたが、朝鮮戦争をのぞいて、沖縄はそれらの戦争の直接の後方基地の役割を果たしてきました。もちろんそれらは、日本の安全保障とは関係のない戦争です。

そしてその戦争の結果はどうか。ベトナムから米国は撤退を余儀なくされた。イラクは、現在、アメリカの願ったような状態にあるか。それとはほど遠い。こちらも、撤退を余儀なくさせられています。

アフガンではどうか。ゲリラには負けはなくとも、明白な勝利というものがない。その間、消耗戦を強いられる。経済的には、どうしても重荷になってきているという状態です。

だれが見ても、もう沖縄のような基地を持ち、そこから海兵隊を出撃させるという戦略が、軍事的な意味を失ってきていることが明らかです。なおかつ日本に基地があるのは、日本が駐留費を払い、アメリカが兵隊を訓練する場所として、基地を安価に使用できるよう提供しているからです。

日本はアメリカに忠誠心を示すために、沖縄の基地を提供しているにすぎない。アメリカは、日本が、駐留の面倒を見ているので、惰性でそれを利用しているだけです。しかし、沖縄の人たちにとっては、基地は、生活の質の問題なのです。毎日、騒音とともに暮らすのは、もううんざりだし、危険と暮らすのも、飽き飽きした。いい加減で、米軍には出て行ってほしいのです。静かに平和に暮らしたい。

もし日本政府が、米軍の駐留を望むのなら、日本の本土のどこかに基地を探せばいいでしょう。できるなら首都の近くがいい。そうすれば基地と一緒の生活というものがどういうものかが、政治家にも、その支持者たちにも分かるでしょう。もしそのような話がでれば、基地候補地の周辺から、猛烈な反対運動が起こり、地元からの反対で、実現は不可能でしょうけれど。

外国の軍隊の駐留などない方がいいのです。それが六〇年も続いてしまったとは。

（三月二四日）

八　靖国の嘘

二〇一三年四月、靖国神社の春の例大祭に、安倍内閣の麻生副総理兼財務大臣、新藤総務大臣・古屋拉致問題担当大臣・加藤官房副長官が参拝。安倍首相は真榊を奉納。「みんなで靖国神社に参拝する国会議員の会」の一六八人が参拝。

二五回の照射が終わりました。ほっとした隙に風邪にやられ、気管支炎が長引き、ひどい空咳でちょっぴり体力消耗。しかし休んでいる間に考えました。

人はどう考えようと、無神論者のぼくは、死んだらそれでおしまいです。あの世などなく、地獄も天国も極楽も中世的な人間の夢です。

死後の話は嘘くさいものばかりですが、その中でも一番嘘くさいのが、「死んだら靖国の英霊に」です。国の作りだした国に都合のいい嘘の代表です。英国の首相でもあったディズレーリーの残した格言、「嘘には三つあり、ただのうそと、真っ赤なウソと、数字のうそ」の真ん中に当たります。

靖国の嘘は作った人たちも、その意図も、分かっています。作ったのは大村益次郎です。かれは藩をつぶし、これから国民の多数を占めている農民商人職人で国軍を作るべきだと考えた、当時の人間としては、すごい合理主義者でした。

その国軍のよりどころとして、国のために死んだものは、天皇が拝みに来てくれる神社の祭神になれる、という信仰を植えつけようとしたのです。かれは自分は合理的に考えられるが、ほとんどの日本人には、その程度の宗教性を国に与えないと、国としてまとまる意識が持てない。それでは、この先中央政府は崩壊する、という危機感を抱いたのでしょう。それを暗殺で死ぬ年に実現させます。明治二年一八六九年のことです。

かれは本当に先の見える男で、大阪に一大軍事基地を作ることを、明治二年の死ぬ直前に考え、後輩に計画を立てさせています。東北の後は、薩長が国の敵になると予測し、その大乱に備えさせているのです。

それで彼の死ぬ年に東京招魂社は建てられた。かれの死後一〇年、西南戦争が終わり、招魂社に合祀されることになった時に、靖国と名前が変わった。誰を祀るかは軍が決めたので憎き敵を排除します。敵も味方も、日本近代化のための犠牲などとは考えられません。以後、ここの神様は、お国のために命をささげた人という基準を作り、日本の官僚が、選ぶことになるのです。神様が、官僚に選ばれる。その神様をまじめに拝む気になれる人は幸いなるかな、です。

靖国には台湾神社に祀られていた北白川宮能久と蒙疆神社に祀られていた北白川宮永久（二人は祖父と孫）もまとめて戦後祀られることになりました。半分はこの宮さんのためのものです。天皇家のかかわりがいかに深いかもわかるでしょう。

英霊ってどんなものですか、死んだら霊になって神社の奥に入るって信じられますか。二〇〇万以上もの霊が押し合いへし合いしているのが見る人には見えるのですか、というバカな質問を、国会でも、だれもしない。馬鹿がいなくなったのでしょう。同時に、バカを言える記者も議員もいなくなったのでしょう。

（五月四日）

九　アベノミクスで豊かになるのは誰か

アベノミクスの掛け声で好景気と言われていたが、五月二三日、株式市場は戦後一〇番目の下落率となった。実体経済が伴わない中で株式相場だけが急上昇していたことが原因。

最近の株の暴落。アベノミクスとやらの円安政策に騙されるものも、はじめは多いだろう。しかし、こんな人工的な手段（坊ちゃんたちの考え付きそうな）では、デフレ脱却とやらはできない、とぼくは睨んでいました。『婦人之友』にそのことを書いておきました。

株屋たちが、それをはやして株価を吊り上げていましたが、儲けを得るのは、この辺が限度と考えたのでしょう。それが今度の暴落になったとぼくは見ます。

日本の株で儲けているのは日本の株屋ばかりではありません。儲けを狙う世界中の株の相場師・投機家なども、こういう機会を逃さない。かれらは、ナショナリズムには関係ありませんから、儲けられるのは、これが限度かなあと思えばさっさと手を引く。そして数カ月の浮いた気分も、もう終わりでしょう。日本のマスコミは昔から、どちらかというと政府寄りで、アベノミクスの提灯を持ってきましたが、いまごろ、この騒ぎで一番儲けたのが相場師や投機家で、損をしたのが、これから円安の付けを、諸物価値上げの形で、払わせられる日本の庶民だと気が付いているでしょうか。

でも、株暴落が、参議院選挙の前であったことが、唯一の救いです。

一方で、アメリカに勇ましくケンカを売った維新の会の橋下が、あっけなく降参してしまったのは意外でした。次号の「ちくま」に、少しは頑張るだろうと、見込みを書いてやったのに。ちょっとがっかりでした。維新の会の議員たちが、選挙のために、謝らせたのでしょう。しかし、タイミングが良くない（かれらにとってです）。維新の会の勢いはもうこれで終わりでしょう。つまりかれらも終わり。

現在まで、ひたすら選挙の利害で結びついていた自民・公明の連合ですが、改憲に消極的な公明とは選挙が終わるまで付き合い、あとは維新の会とくっつこうか、とひそかに考えていた自民党の黒幕も、この維新の会の自滅は計算外だったのではないかなあ。こうして自民の勢いが落ちてきたのに、それに付け込むことのできる野党がいない。

野党連合を作る知恵者がいない。つまりは、少しばかり知恵の深い政治家が野党にいないということ。本当に政治家日照りですな。

ぼくは、がんとの付き合いで、なんとか頑張っていますが、白状すると、ちょっときつい。

がんの告知は、本人に、自分の残りの人生を計画させるためには都合がいい。ぼくはその恩恵を受けている。しかし、父、夫が次第に死に近づくということを知らされた近親の者たちには、この告知は、かなりな苦痛を与えている。そのことなど知ったこっちゃない、自分のことで頭はいっぱいだ、といっていられないのが、精神科医である本人。精神科医の同僚たちよ、告知のこうした一面の研究をしてくれないだろうか。それがぼくの今の気持ちだ。

（五月二八日、終）

＊〈打てば響く〉は、現在「バーチャル老人党」http://6410.saloon.jp の「お知らせ掲示板」に転載されています。

常識があれば、みんな平和を求めます

常識的判断は日常必要とされている判断だということを、日仏医学会で話したのは六月一日でした。「『なるほど、常識という言葉があったんだなぁ』と思う若い人がいたら、ぜひ広めてください」。亡くなる五日前の講演でした。

＊「常識」という言葉は常識

ぼくは一九二九年生まれ、あと七日で八四歳になります。そのぼくが最近になって気付いたことがあります。それは「常識」という日本語が、世界でもなかなかユニークな言葉であることです。そして、日本人の多くがそのことに気がついてすらいないということです。

「お前も意外と常識がないなあ」などと日常の会話の中で頻繁に使いながら、外国語に翻訳しようとすると、意外にも、ぴったりの言葉が向こうの言葉の中に見つからない。びっくりします。ことに欧米系の人は、日常このような言葉を使っていないのです。

「常識」は一九世紀の半ば、明治の初めの頃に、英語コモン・センスの訳語として日本語に登場します。そしてこの言葉がどんどん民衆にも使われ、日本語になってしまうのです。ほとんどの日本人は、もとの英語も、その訳語であることも知りません。

当時の啓蒙思想家の西周《あまね》は、フィロソフィを「哲学」と訳しました。しかし、コモン・センスを「常識」と訳したのが誰かは分かっていません。ぼくはおそらく、夏目漱石がイノテツと呼んでいた、東洋大学の学長になった仏教哲学者の井上円了ではないかと考えています。八識という言葉を知っていた人で、日本語には精神の働きに、意識、無意識、知識、見識、眼識など「識」という言葉がよく使われますが、その一連の仏教用語に親しむ人であったものと思われます。これがぴったり当たって、日本中にひろまり、誰もが使うようになります。日本人では「常識」という言葉を知らない人はいないくらいになりました。

＊　常識は変わる

精神分析学者のフロイトは一八五六年に生まれて一九三九年に亡くなっています。ぼくの祖父母たちは、フロイトの生まれた一〇年から二〇年ほどあとに生まれました。フロイトの生まれたころの日本はちょんまげを結い、人間が士農工商の四つの階級に差別され、同じ人間である武士の主である殿様に対して、地べたにひれ伏して、額を地面にすりつけて土下座をし、顔を見ることもできませんでした。できたのは顔を見せろといわれた時のみでした。人間と人間がこれほど厳しい儀礼によって隔てられ、ほとんど人間同士が自由に口を利くことができませんでした。武士はその名誉を守るために腹切りをします。

フロイトの一〇歳代に明治革命が起きています。ちょんまげの武士、町民が服装を変えていきました。最初に変えたのは政府高官で、大臣になると洋服を着ます。その頃にヨーロッパで流行っていた礼服がモーニング、今の日本ではすっかり廃れていますが、今の大臣たちは天皇に会いに行くときは、モーニング姿で行って写真を撮ります。一八六七年の記憶に戻るわけです。

ぼくの祖父母は、死ぬまで着物でした。結婚は親の命令でした。一五歳ごろ結婚し一〇人の子どもを次々と生み、そして死にます。親とそっくりの人生でした。義務教育はなく、読み書きできたのは男だけです。男の一人は医者になりました。

ぼくの両親は、農村出身で見合い結婚でした。二人とも東京に出てきました。そして、子どもは三人を生み、全員に大学教育を受けさせようとします。ぼくたちは自由に職業を選びます。

ぼくは精神科医になり、日本でも国際会議でも自由に発言・討論するようになっています。東京の風景も、人々の着るものも西洋化し、習慣も変わりました。そして頭の中身も変わったはずです。この頭の中身がどう変わったか、判断の基準がどう変わったか、知りたいでしょう。

その時に役に立つのが常識という言葉です。腹切りしていた時代、それが当たり前だった。親の命令で結婚していた時、それが当たり前だった。戦争の時代が来て、特攻隊、腹切り、集団自決が当たり前となった。しかし、それらは決して現代では当たり前ではありません。当たり前が変わった。

それを「常識」が変わったと、言い換えてみましょう。実にすわりがいい。そして、常識は変わるものだとぼくたちが考えていることが分かります。どのように変わるのでしょうか。徐々に変わります。ぼくたちは前の時代の常識を古い常識と呼びます。それが新しい常識に変わっていくのです。「皆がそう考えているので、それは古い常識だ」といわれると、新しい常識に変えようと相手がしてくれます。説得の時にとても便利です。

日本人は頭の切り替えが早いと驚かれますが、それはこの常識という言葉であり、考えのおかげなのです。

＊　こころの病気と時代背景

こころの病気も、例えば「外傷、トラウマ」のような言葉を祖父母の時代の日本人だれもが知りませんでした。しかしこころの外傷はありました。それを表現する言葉がなかったのです。

祖父母の時代に特有なこころの病気として、「キツネツキ」がありました。当時日本に来たドイツ人医師ベルツによって記述されています。日本特有なこころの病気で、おそらくキツネに超能力を認める民俗文化と関係があろうと、推測されています。つまりこころの傷は、迷信によってもたらされたものです。これは暗示が非常によく効きました。迷信を操る巫女の言葉や動作によって癒されたのです。ぼくはおそらく東京で最後の例を一九五五年ごろに見ています。

この世代は神を恐れ、罰を恐れ、その恐怖感が心理的な外傷になりました。神といっても自然神です。エスニックな外傷とぼくが呼ぶのは、神の罰を恐れ、パニックになる、このような外傷のことです。キツネツキばかりでなくアイヌ族のイム、インドネシアのアモクなど、類似の病気が、一九世紀まで世界各地に点在していました。

ぼくの両親たちは、生まれた場所から自由に動くことができ、社会的に活動することもできました。新潟を離れ、親の職業も継がず、東京で働き一生を終えます。義務教育を受け、読み書きができ、迷信からも解放されました。社会では、科学教育も進み、医学は完全に西洋化しました。それを政府の恩恵ととらえ、自分たちが、かちえたものとは考えませんでした。

部分的に階級差別は残り、残る差別の多くは、学歴差別の形をとるようになりました。性差別いわゆるジェンダー差別も、社会的役割の形で、歴然と残っていました。この時代に、こころの病気の代表となったのがヒステリーです。ヨーロッパでは流行を過ぎていましたが、日本では医学のあらゆる分野でヒステリーは認識され、幾分差別的にＨＹとか、ハーイプシロンとか符丁をつけて呼ばれ、これは民衆の日常語にまで進出し、「家内がヒスを起こして」などと使われました。女性が何とも言えない不満感を爆発させることをこのように表現したのでした。

この時代、日本人は、世界で理解されない行動をとるようになります。民主主義をさけ、ファシズムへと向かうのです。そして戦争に突入します。この時代は、神の罰はおそれなくなったものの、国に対する侮辱を自分に対する侮辱とストレートに受け取り、傷つけられる人々を生んだのです。

階級差別はなくなりましたが、天皇一人を封建時代の殿様のように、平伏して尊敬する例外として残します。天皇がお通りになるというと子供が駆り出されるが、お通りになる時は最敬礼で頭を下げているので、どんな人なのかは全く見えないわけですね。それでも上目づかいで見ようとする子供はいて、ぼくもその一人だったけど、よく見えない。

戦争中は集団自殺を行わせ、捕虜になることを拒んで玉砕（自殺あるいは全滅的攻撃）をします。神風攻撃をします。国家神道という名で、伊勢神宮を最高の位にして、全国八万の神社はその家来という、そういう神道を軍隊が押し付けてきた。話の中で天皇の名が出そうだなとなると敬礼してしまう。

こうした数々の異常行動を伴った戦争を行い、一九四五年、全面降伏します。天皇が自分も人間であるという宣言をして、終わりになります。それまでパラノイックな一面を備えた、ヨーロッパ化した日本人、話し合える相手としての日本人は、同時に何をするか分からない不気味さがありました。

そして今も、いろんな議員が国家神道連盟にくっついていて、靖国にお参りし、戦争中の八紘一宇なんて言葉を、いい言葉だと喜んでいる。あの名のもとに外国を侵略した、戦争の記憶を持つ人はそう思う。そういう時代を知っている人、国家神道に苦しめられた時代を知っている人は少なくなりました。

ぼくは一五歳で若い少年の兵士として敗戦を迎え、その八年後には医師になり、一九五三年にフランス留学を果たします。最初の外国を見ます。これが、ほぼフロイトの生まれた一〇〇年後です。精神科医になりトラウマという言葉も知り、理解しようと努めるようになります。ぼくたちは行動的には、ほぼヨーロッパ人といっていいでしょう。しかし頭の中の考えには微妙な違いがあります。

ぼくたちの時代に流行したのが、まず、ノイローゼという言葉です。巷でも流行り、何でもみなノイローゼと呼ばれます。軽いノイローゼ、重いノイローゼ、あるいはノイローゼ気味という微妙な表現も生まれます。これらの言葉で、日本人大衆は、こころの病気すべてを理解しました。医者だけが、もう少し複雑な言葉を使って理解しようとしました。

＊「常識」という言葉に出会う

ぼくは一九六〇年にもフランスに行き、向精神薬第一号、クロルプロマジンの精神科応用の発表に出会います。そしてこの薬を日本に届け、フランス語の論文を訳し、日本で治験する最初の精神科医になります。ぼくは、日本の向精神薬による薬物療法の先駆者になりかけますが、運命といおうか、向精神薬とは一番遠いところにある、アルコール依存の専門家になれと、教授から指名されたのです。

「ぼくには治す自信がありません」といって逃げ回るぼくに、教授の一言「あれは治らん病気だ。おれにも治せない。だれが行っても同じだ。だからお前が行け」。

その時に、考えました。自分に「何ができるか」。「何をすることが許されているか」。自分は今「何をなすべきか」。そう考えているうちに、「これはカントの終生のテーマだ」と気が付くのです。自分はカントと同じこと、哲学をしている、ということに気付くのです。ぼくは治せない患者を四〇人任されて、何をなすべきかを考えていたのです。

いろいろな可能性を切り捨てていきます。四〇人まとめて治せる薬はありません。そしてそのような薬を発明してノーベル賞をとるという選択はありません。目の前の患者を放っておくことはできない。自分は今四〇人をまとめて何かをしなければならない。とりあえず一日は断酒させねばならない。全員を閉じ込めることもできたでしょう。ぼくは、それは選択しませんでした。

まず自分の目の前の患者を見ます。いろいろな人の集まりです。最高のインテリもいれば、カタカナの外国語のまったく苦手な農民や、職人がいます。その人たちに、酒をやめることを説得しなければならないのです。少なくとも病院で共同生活することを納得させ、少なくとも今日一日は断酒をさせねばならないのです。

特別な心理メソッドはだめ、皆に分かる平易な日本語を使い、まったく日常的な論理で、話をしなければならない。その場合、なんといっても、一番インテリでない、農民のような人を基準にしなければならない。その人を説得できれば、他の人も理解できるでしょう。しかし、ただ分かりやすく話をするだけでは、もっともインテリな人を退屈させることになります。やさしいけれど、深い意味を持つ言葉、言ってみれば哲学的な話が必要になります。

そして説得に苦闘します。一日を何とか切り抜けます。

ぼくは患者たちの間違った考えを、最初のうち偏見として直そうとしました。君たちのその考えは間違いだ、こちらのこの考えが正しい。しかし、それではなかなか説得ができません。

そしてある日アインシュタインの「コモン・センスとは、一八歳までに人間の集めた偏見のコレクションである」という言葉にであいます。コモン・センスの訳が「常識」になっていました。ぼくはこうして、「常識」という言葉を見つけたのです。偏見という言葉で相手を責めず、常識の一部を改めさせようとするとうまくいくのです。ぼくたちは常識を共有しているという意識でつながっていたのです。

これまで、偏見を捨てさせようとすると頑強に拒まれますが、「お前さんの常識はちょっと古いなぁ、今はこれが常識だよ」というと、楽々と考えを変えてくれました。これからぼくは常識による説得に自信を得ます。

＊　常識は謙虚で日々新た

その時、ぼくは、日本語に、素晴らしくも便利な言葉があることを発見しました。ぼくは特別なことをやる必要はない。「常識的にやればいいのだ」です。難しく考える必要はない。

それがカントの命題に対するぼくの答でした。しかし、次の発見はさらに驚くべきことでした。フランス人の家内に説明してやろうとしたとき、この「常識」という便利な言葉に当たるいい言葉が、フランス語に見つからなかった。コモン・センスに訳しなおしても、それでは常識の意味内容が伝わらないのです。フランスにもあるはずなのですが。

そこで考え、歴史をさかのぼるのです。この言葉ができる前の日本では、何という言葉を用いていたでしょう。「そんなこと当たりめぇじゃないか」といいあっていた、いつの間にか、「常識」は「当たり前」に代わる、とても便利な言葉として登場し、育っていったのです。今でも、この二つの言葉は入れ替え可能です。

重要なのは「常識」はコモン・センスの元の意味から離れ「社会の一員として持つべき共通ミニマムの知識」として受け止められます。これで善悪も常識的に判断するのです。常識的判断は専門的判断ではありません。日常必要とされている判断です。逆に、専門的判断が日常的判断に入り込んでくるとき、それを受け入れて常識を新しくする場合もあれば、専門的判断を常識的判断が批判し拒絶する場合もあります。常識は専門をジョークで拒絶します。

常識には行動を制約するところがあります。内部からブレーキをかけるのです。外側から命令して、行動を規制するより、調和的です。信号だけで多数の人間が渋谷のような交差点を渡る姿を見るべきだと思います。

コモン・センスも民衆が自由になるための必要なものとして考えられたものです。しかし、常識もトーマス・ペインも西欧では消えてなくなります。最後にはアインシュタインに偏見の山とからかわれます。

しかしこのジョークをまじめにとったバカがぼくです。その通りだ、常識は偏見の山だ、だからこそ、常識は謙虚であって、日々新たにせねばならぬ。それが常識だからこそ、少々びっくりするような常識はずれなことも受け止めてくれるのです。

ヨーロッパで、常識が発展しなかったのは、保守の中に、キリスト教の影響が強かったからです。逆に日本で、受け入れられ、日本化させられたのは、日本の保守に「孔子」の思想があったからです。日本では江戸時代に論語が入ってきました。孔子の哲学、論語で中庸は「偏らないこと」、正しければいいってもんじゃないんだよ、偏らないことが大事だということです。この中庸という考え方があったので、日本人はコモン・センス、常識を受け入れることが出来たのです。

無神論の常識的なモラルの元は中庸でした。こうして、日本ではキリスト教の神は「偏らない」「中庸」ではないために簡単に受け入れなかったものの、キリスト教の理想としている人間性を受け入れていない人はいない。ヒューマンなものは簡単に受け入れたのです。なぜならそれは常識だからです。

こうして最初の命題にもどります。エスニックなトラウマ、による病気は教育が一番です。これで、日本から消えました。ヒステリーは女性の解放と理解が進むと消えました。

アルコールのような治らない病気のトラウマは、治癒は考えません。常識的なこころの成長を考えます。ぼくは若いころ作家仲間に酒飲みに酒をやめさせるなんて仕事に満足しているのか「常識人だなあ」と笑われました。その常識というものをお前さんたちは深く考えたことがあるのか。考えると面白いし、これからの人間に参考になることだと反論したいと思ってきました。でも考えをまとめたころ、聞いてくれるような昔の仲間は残っていない。残念です。

ぼくは死にかけているという時になって皆に話すのですが、世界に常識的な政治家が少なくなったんですね。自分もいつかは年を取るんだよということが分かる。そういう常識を持った政治家がいてくれたらいいと思います。

日本の「常識」という言葉は、漢字圏の極東三国、中国・韓国でも「ジョウシキ」で通じます。この「常識」は、一つの哲学として、オバマさんに話してみたいですね。「そう極端なことはやりなさんな、常識的にやりなさい。常識があればみんな平和を求めます」

これは説得力のある言葉だと思います。

「なるほど、常識という言葉があったんだなぁ」と思う若い人がいたら、ぜひ広めてください。

（二〇一三年六月一日、日仏医学会の草稿と講演から）

娘からひとこと　「常識」と振り子

堀内由希

よりによって、「常識」とはあまり縁のない私が、この本のあとがきを頼まれようとは、皮肉なものです。そもそも、私たち家族、特に両親は昔から常識には無頓着で、自由気ままに人生を歩んできました。

例えば母。親の猛反対を振り切って、二六歳という若さで、父を追いかけ、フランスからはるばる日本にやってきました。旅客機があまりなかった時代で、一カ月もかかる長い船旅の末でした。それを平気でやってのけたのです。相当の勇気がいったと思います。

その母は今でも大胆不敵で周囲を全く気にしません。例えば七〇歳を過ぎてから、イラクへの米軍侵攻に抗議するためデモに参加しています。それから、カラスが大好きで、いつも悪者扱いされているこの鳥を哀れみ、近所の迷惑も顧みず、毎日えさを与えています。「こうすれば、生ゴミも減るし、環境保護に貢献しているのよ」と母は言います。型破りな考え方ですね。

父にしたって同じことです。一時期はチェ・ゲバラの真似をして、ベレー帽をかぶりヒゲをはやしていたかと思うと、六〇歳を過ぎてからは、花柄や色鮮やかなシャツを着てみたり。普通のサラリーマンとは似ても似つかぬ風貌でした。服装だけならまだしも、父は同世代の男性とは違い、男尊女卑《マッチョ》なところがこれっぽっちもなかったのです。進んで料理を作り、食材の買い出しも好きだし、仕事の付き合いで飲みに行くこともなく、もっぱら家にいることが多かったのです。その父も、やはり度肝を抜くようなことをしています。ベトナム戦争が激戦となったころ、アメリカの脱走兵を軽井沢の別荘にかくまい、あやうく見つかりそうになったり、最近では老人のバーチャル政党を結成したりと、とにかく、夫婦そろって、とびきり「常識はずれ」なところがありました。

もちろん、子育てにも「常識」たる言葉を使ったためしがありません。それは、娘たちがフランスの教育を受けてきて、「自我」をこの上なく重んじ、「常識」に従えなどと言おうものなら、反抗するに決まっていたからです。

それなのに晩年になって、父はその常識に価値を置くようになり、「常識哲学」を唱えるに至ります。

自分の家庭を築き、フランスで暮らしはじめて二五年になる私はクリスマスや夏休みに両親と会うものの、この変化に全く気づいていませんでした。ですから、日仏医学会で父が行った講演でこの言葉を耳にしたとき、とても意外な感じがしました。

父は講演の冒頭でアルコール依存の患者を説得するために「常識」という言葉を引用したこと。その常識という言葉が明治に導入された新しい言葉だったこと。ヨーロッパでは廃れ気味のこの言葉が日本に定着した理由等々を提示します。そして、「常識」と呼んでいるものが、実は、文化に根ざした判断にほかなく、それは時代とともに移り変わると説明するのです。ここまでは、さして引っかかる所はありませんでした。ところが、最後に日本人はこの「常識」のお陰で西洋の文化を受け入れることができたし、この先も極端な行動、偏った行動に走らないよう「常識」というバランスの取れた判断力を駆使するべきだと締めくくっているのです。

私は呆然としました。読者の皆さんが「常識」という言葉を、どういう風に捉えておられるか分かりませんが、実を言うと、私には何となく好きになれない言葉だったのです。

「それ、常識だろう」と言われたら、文句の言いようがないではありませんか。まるで、「えっ？　お前知らないの？　別に説明しなくてもだれもが知っていることだよ」と頭ごなしに突っぱねられている気分にさせられるのです。これは理屈や個性を否定する言葉だと警戒するのも当然です。そもそも、「常識」とは集団が暗黙のうちに決めること。その内容次第では非常に危険な要素を含みかねないのです。

「常識の中身について、絶対に父と語らねば」と自分に誓ったのですが、ご存知のとおり、父は膵臓癌を患い、話し合いなどする余裕はもはや残っていませんでした。およそひと月後の六月三〇日にフランスで予定していた講演も、断念せざるを得なくなりました。本人が行けなくても、講演の原稿を代わりに読んでもらえればということで、私はさっそく、下書きしてあった原稿の訳に取りかかりました。しかし、五ページ目に差し掛かったころでしょうか、「常識」という言葉をフランス語に訳すことがいかに難しいか、という壁に突き当たったのです。

常識のもともとの訳はフランス語の《sens commun》にあたるのですが、前にも述べたとおり、この言葉は廃れ気味で、最近のフランスではあまり聞かれません。したがって、「常識」という言葉の真の意味をフランスの読者に伝えるためには、どうしてもいくつかの言葉（それは《bon sens》,《ordre des choses》,《norme》,《règle》と多義にわたりますが）を引用して、使い分ける必要があるのです。そうなるとどうしても「常識」の一つの側面に焦点を当ててしまいます。かといって、この言葉の翻訳をあきらめて、ローマ字表記でJoushikiと書くのも、気が引けるので、四苦八苦しているうちに愚痴の一つもこぼしたくなりました。

「パパの普段書いていることは明快だけど、今度ばかりはちょっと違う。私は常識哲学とやらがよく判らない」とつい嘆いてしまったのです。

断っておきますが、別に父をいじめようという魂胆でこのような言葉を発したわけではありません。父は普通の父親と違って、親の権威を振るうタイプではありませんでした。だから、何でも話せたのです。まるで友達のように。遠慮などしなくていいし、納得がいかなかったらとことん、議論できました。父は懐の深い人だし、私の「毒舌」にも慣れているから、別に気にしないだろうと高をくくっていたわけです。でもそれは大きな誤算でした。

予期していなかったことに、父は血相を変えて「もう時間がない、説明が不十分だったか」と取り乱してしまったのです。さすがに私もびっくりして、「禁句」に触れてしまったか、病人だから手加減するべきだったと後悔しましたが、後の祭りでした。その二日後に父は息をひきとったのです。

常識が足りなかったばかりに、私は父の寿命を縮めてしまったようなもの。私がどれだけ後ろめたかったかお察しください。

罪を償うためにも、私はこの翻訳だけは完成しなければならないと思いました。家族全員の意見を聞き、知恵を総動員して、どうにか実現にこぎつけました。父に贈る最後のプレゼントとして、なるべく忠実にフランス語に直したつもりですが、果たして父の意に叶ったかどうか分かりません。

母と精神科医である妹の千夏は、あくまでもこの常識哲学が精神医学の領域を出ないものと確信しているようです。西洋で育まれた精神医学をそのまま日本に取り入れようと思っても、うまくいくわけがありません。父はその狭間で悩み、苦労を重ねた結果、「常識」という概念を活用させることを考えたのです。日本人はなにかと常識を持ち出す癖があります。「常識が変わったのだから」と言うことで、何事もすんなり納得してしまうのです。いわんや歴史的なトラウマでさえ、この言葉を借りて乗り越えていくように見えます。ですから、西洋式治療法が行き届かないところは、その「常識」、すなわち、文化に根ざした判断に委ねようと父は言いたかったのかもしれない。少なくとも母と妹はそう思っています。

私の意見はちょっと違います。なぜなら、父は講演の終わりで「最近の政治家は常識に欠けている」とぼやいているからです。これはまぎれもなく父が「常識」という言葉にもっと幅広い意味を持たせたかった証しです。

常識は、なるほど時代とともに変化します。それは古い常識を覆す人間がいるからです。父や母が大胆な行動を起こして古い常識を新しく塗り替えたように、またこれからも「常識」を覆す人が出てくるでしょう。私はてっきり「常識」がびくともしない偏見の固まりだと思っていたのです。だから、独創性や個性を否定するこの言葉が苦手だったわけです。お陰で、一つの大事なことを見落としていました。

移り変わる「常識」は、同時に人間の頭の中で一つの見えない振り子のような役割を演じているのです。その振り子が、実にうまい具合に働くため、人間が極端な行動に走るのを防ぐし、牽制をかけて、周囲との関係をとりなしてくれるのです。自己主張だけではいけない、人との繋がりも大切にしよう。

これが私のなかなか理解できなかった、父の最後のメッセージだという気がします。もちろん、これは勝手な推測に過ぎませんが……。

「なだいなださんを偲ぶ会」にて
（2013.7.11　於・明日館）

《著書一覧》——翻訳・監修は省略

1965年　パパのおくりもの（文藝春秋）
1966年　アルコール中毒—社会的人間としての病気（紀伊國屋書店）
帽子を…（文藝春秋）
クレージィ・ドクターの回想（文藝春秋）
1967年　片目の哲学　続・パパのおくりもの（大光社）
れとると（大光社）
1968年　なだ・いなだ詩集—スケルツオ（みゆき書房）
病める心と社会—現代人の異常心理（共著、野火書房）
1969年　娘の学校（中央公論社）
私の家族旅行（日本交通公社）
1970年　クヮルテット（文藝春秋）
お医者さん—医者と医療のあいだ（中央公論社）
1971年　心の底をのぞいたら—心の研究（筑摩書房）
1972年　しおれし花飾りのごとく（毎日新聞社）
人間、この非人間的なもの（筑摩書房）
1973年　カペー氏はレジスタンスをしたのだ（毎日新聞社）
親子を考える（麒麟麦酒）
透明人間街をゆく（文藝春秋）
欲望と狂気（責任編集、東洋経済新報社）
1974年　ワイン—七つの楽しみ（平凡社）
おっちょこちょ医（筑摩書房）
続・娘の学校（中央公論社）
からみ学入門（角川書店）
権威と権力—いうことをきかせる原理・きく原理（岩波書店）
野越えやぶ越え『医車』の旅（毎日新聞社）
1975年　おしゃべりフランス料理考（平凡社）
1976年　TN君の伝記（福音館書店）
ぼくだけのパリ（平凡社）
1977年　カルテの余白（毎日新聞社）

教育問答（中央公論社）
1978年　間切りの孫二郎とそのクルーの物語（角川書店）
わが輩は犬のごときものである（平凡社）
くるいきちがい考（筑摩書房）
1979年　親子って何だろう―なだいなだの親子観（主婦と生活社）
不眠症諸君！（文藝春秋）
あなたへの手紙―娘の幸福のためのカルテ（文化出版局）
1980年　三言でいえば（毎日新聞社）
歳時記考（共著、潮出版社）
生きる―心と体の弁証法（責任編集、平凡社）
1981年　ふりかえりふりかえりつつ子を育て（日本書籍）
鞄の中から出てきた話（毎日新聞社）
1982年　おやじの説教（潮出版社）
なだいなだ全集 全12巻（～83年筑摩書房）
1983年　旅べたなれど（毎日新聞社）
ひとりぼっち（編、NOVA出版）
1984年　子ども商品がく―物と子どもの出会い（チャイルド本社）
ぼくはへそまがり（ポプラ社）
悩んで人間じゃないですか―親と子の相談室（主婦と生活社）
へんな子・変わった子―子どもの見方・考え方（編著、チャイルド本社）
1985年　信じることと、疑うことと（径書房）
影の部分（毎日新聞社）
童話ごっこ（筑摩書房）
1986年　江戸狂歌（古典を読む24、岩波書店）
娘の学校同窓会（南想社）
噴版　悪魔の辞典（共著、平凡社）
1987年　だれだって悩んだ（共著、筑摩書房）
1988年　こころのかたち（毎日新聞社）
1989年　現代親子ロジー（チャイルド本社）
どうでもいいようで、やっぱりどうでもいい話（毎日新聞社）

1990年　どうしたらいいの？―子供のホンネ親の本音（ファラオ企画）
娘（日本の名随筆97、編、作品社）
1992年　民族という名の宗教―人をまとめる原理・排除する原理（岩波書店）
君はクジラを見たか（NOVA 出版）
アルコール中毒―物語風（五月書房）
1995年　猫と海賊（小幡堅 絵　偕成社）
1996年　いじめを考える（岩波書店）
1997年　バイ菌は悩まない―不安なこころの処方箋（共著、五月書房）
1998年　孫のための「まごまご塾」（中央公論社）
アルコール問答（岩波書店）
依存症―35人の物語（共著、中央法規出版）
1999年　つむじ先生の処方箋（五月書房）
こころの七クセ（金子書房）
2000年　こころを育てる―杉林がいいか雑木林がいいか（ジャパンタイムズ）
2001年　〈こころ〉の定点観測（編著、岩波書店）
2002年　神、この人間的なもの―宗教をめぐる精神科医の対話（岩波書店）
人間、とりあえず主義（筑摩書房）
2003年　老人党宣言（筑摩書房）
2005年　こころの底に見えたもの（筑摩書房）
専門馬鹿と馬鹿専門―つむじ先生の教育論（筑摩書房）
2006年　ふり返る勇気（筑摩書房）
こころ医者入門（日本放送出版協会）
2011年　取り返しのつかないものを、取り返すために―大震災と井上ひさし（共著、岩波書店）
2013年　とりあえず今日を生き、明日もまた今日を生きよう（青萠堂）
アルコール依存症は治らない《治らない》の意味（共著、中央法規出版）

（作成・竹内真一）

装　画＝松林　誠
装　丁＝U・G・サトー
編集協力＝加藤珠子

なだいなだ（1929–2013）

精神科医、作家。本名、堀内秀《しげる》。1942年旧制の私立麻布中学校へ入学（一時、陸軍幼年学校に在学）。慶応義塾大学医学部予科に入学、その間フランス留学を経験。卒業後は、東京武蔵野病院などを経て、国立療養所久里浜病院のアルコール依存治療専門病棟に勤務。

1959年から「海」「れとると」などの小説を発表（芥川賞候補も何度か）、75年『お医者さん』で毎日出版文化賞受賞。『パパのおくりもの』『心の底をのぞいたら』『権威と権力』『ＴＮ君の伝記』など多くの著書がある。一方で、景観・環境の保存にも尽力し、近年はネット上の仮想政党老人党を立ち上げるなど、ユーモアあふれる反骨精神とともに弱者からの目線での新しいフィールドを開拓。晩年は、「常識」をテーマに執筆や講演を行い、亡くなる当日の朝までブログの更新を続けていた。

常識哲学《じょうしきてつがく》——最後《さいご》のメッセージ

2014年５月20日　第１刷発行

著者———なだいなだ

発行者——熊沢敏之

発行所——株式会社筑摩書房

東京都台東区蔵前2-5-3　郵便番号111-8755　振替00160-8-4123

印刷———中央精版印刷株式会社

製本———中央精版印刷株式会社

ISBN 978-4-480-84303-6 C0095